共和国的历程

花城春雷

广州解放与广东剿匪

胡元斌　编写

蓝天出版社　吉林出版集团有限责任公司

图书在版编目（CIP）数据

花城春雷：广州解放与广东剿匪／胡元斌编写.
—北京：蓝天出版社，2014．1（2023.3重印）
（共和国的历程）
ISBN 978-7-5094-1064-6

Ⅰ．①花… Ⅱ．①胡… Ⅲ．①革命故事－作品集－中国－当代 Ⅳ.
①I247．8

中国版本图书馆 CIP 数据核字（2013）第 305436 号

花城春雷——广州解放与广东剿匪
编　　写：胡元斌
策　　划：金永吉　荆忠峰
责任编辑：祖　航　梅广才
出版发行：蓝天出版社　吉林出版集团有限责任公司
地　　址：北京市复兴路 14 号
邮　　编：100843
电　　话：010—66983715
经　　销：全国新华书店
印　　刷：北京柏玉景印刷制品有限公司
开　　本：710mm×1000mm　1/16
字　　数：69 千
印　　张：8
版　　次：2014 年 4 月第 1 版
印　　次：2023 年 3 月第 3 次
定　　价：29.80 元

前　言

　　中华人民共和国自 1949 年 10 月 1 日成立以来，已走过了六十多年的风雨历程。历史是一面镜子，我们可以从多视角、多侧面对其进行解读。然而有一点是可以肯定的，那就是，半个多世纪以来，在中国共产党的领导下，中国的政治、经济、军事、外交、文化、教育、科技、社会、民生等领域，都发生了深刻的变化，中国人民站起来了，中华民族已屹立于世界民族之林。

　　这段时间放到整个历史长河中是短暂的，有如弹指一挥间，但它带给中国的却是极不平凡的。六十多年里神州大地经历了沧桑巨变。从开国大典到 60 年国庆盛典，从经济战线上的三大战役到经济总量居世界前列，从对农业、手工业、资本主义工商业的三大改造到社会主义市场经济体制的基本确立，从宜将剩勇追穷寇到建立了强大的国防军，从废除一切不平等条约到独立自主的和平外交政策，从"双百"方针到体制改革后的文化事业欣欣向荣，从扫除文盲到实施科教兴国战略建设新型国家，从翻身解放到实现小康社会，凡此种种，中国人民在每个领域无不留下发展的足迹，写就不朽的诗篇。

　　六十几年在历史的长河中犹如沧海一粟，但对身处其间的个人却是并非无足轻重的。其间究竟发生了些什么，怎样发生的，过程怎样，结果如何，非人人都清楚知道的。对此，亲身经历者或可鲜活如昨，但对后来者却可能只是一个概念，对某段历史的记忆影像或不存在或是模糊的。基于此，为了让年轻人，特别是青少年永远铭记共和国这段不朽的历史，我们推出了这套《共和国的历程》。

《共和国的历程》虽为故事形式，但与戏说无关，我们是想借助通俗、富于感染力的文字记录这段历史。这套丛书汇集了在共和国历史上具有深刻影响的重大历史事件。在丛书的谋篇布局上，我们尽量选取各个时代具有代表性的或深具普遍意义的若干事件加以叙述，使其能反映共和国发展的全景和脉络。为了使题目的设置不至于因大而空，我们着眼于每一重大历史事件的缘起、过程、结局、时间、地点、人物等，抓住点滴和些许小事，力求通透。

历史是复杂的，事态的发展因素也是多方面的。由于叙述者的视角、文化构成不同，对事件的认知或有不足，但这不会影响我们对整个历史事件的判断和思考，至于它能否清晰地表达出我们编辑这套书的本意，那只能交给读者去评判了。

这套丛书可谓是一部书写红色记忆的读物，它对于了解共和国的历史、中国共产党的英明领导和中国人民的伟大实践都是不可或缺的。同时，这套丛书又是一套普及性读物，既针对重点阅读人群，也适宜在全民中推广。相信它必将在我国开展的全民阅读活动中发挥大的作用，成为装备中小学图书馆、农家书屋、社区书屋、机关及企事业单位职工图书室、连队图书室等的重点选择对象。

编　者
2014 年 1 月

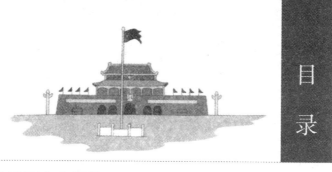

目 录

目 录

一、 中央进军广东部署

- 毛泽东指示："必须采取大迂回动作，插至敌后，先完成包围然后再回打之方针。"

- 毛泽东风趣地对叶剑英说："'水尾田'是'水尾田'，但那里有一股泉水嘛。"

- 10月1日，毛泽东复电陈赓并告林彪、邓子恢、叶剑英、方方："同意你们向广州进攻之部署。"

毛泽东拟定的作战计划

就在共和国成立的第二天，即 1949 年 10 月 2 日，在秦基伟率领的第十五军解放南雄的一个星期之后，我第四兵团右路军按原定部署，在粤赣边地区对国民党军队展开了猛烈的攻击，不断向广东挺进。

当时，国民党残余军队绝大部分都聚集在华南和西南一带。其中，据守广东的是余汉谋集团，据守湖南、广西的是白崇禧集团，据守西南的是胡宗南集团和川、云、贵等省的地方军阀。这几个集团的军队总数在 100 万人以上。他们互相勾结，狼狈为奸，在广州、重庆等地组织所谓的湘粤联防和西南防线，企图进行最后的抵抗。

为了迅速歼灭这些地区的敌人，毛泽东在向西北、西南、东南、华南等地进军的指示中指出：

必须采取大迂回动作，插至敌后，先完成包围然后再回打之方针。

同时，拟定了作战计划的概要：

首先以第二野战军第四兵团和第四野战军第十五兵团等部，由江西出广东，争取于十月下半月占领广州，歼灭敌余汉谋集团；然后，在十一月，第四兵团由广东进入广西南部，迂回白崇禧集团的右侧背，第四野战军主力则进至柳州、桂林地区，形成对白崇禧集团的大包围，同时，第二野战军主力进入贵州，占领贵阳，既切断白崇禧集团和胡宗南集团的联系，防止两敌逃入云贵，又和在陕南的十八兵团形成对胡宗南集团的大包围；最后，在十二月，第四野战军的主力在第四兵团的配合下，歼灭白崇禧集团，第二野战军主力由贵州迂回川南，在第十八兵团的配合下，歼灭胡宗南集团，而第四兵团则在歼灭白崇禧集团以后，再由广西进军云南，解放云南。

毛泽东所规划的这个作战计划，是一个非常周密的大迂回、大包围、大歼灭的作战计划。

在这个作战计划中，我军第四兵团和第十五兵团接到了由江西到广东，到广西，再到云南的大迂回任务。这大迂回的第一步就是进军广东省。

广东省是中国南方的重要门户，它南临南海，北依五岭，东邻福建，西连广西，北与江西、湖南接壤，其地理位置具有重要的战略价值。省会广州市是华南的政治、经济、文化中心，素有"花城"的美称，是中国对外贸易的重要商埠。

中央进军广东部署

1949 年 4 月，国民党政府由南京迁至广州，妄图以此为基地，苟延残喘，同共产党作最后的较量。

蒋介石到达广州后，将广州绥靖公署改为华南军政长官公署，任命余汉谋为该公署的军政长官。

为阻止解放军解放广东省，余汉谋一上任，便依照蒋介石关于"巩固粤北，确保广州"的指令，在广州以北的从化至曲江地区，以第二十一兵团、第四兵团等 7 个军的力量，布设了三道防线。他的具体部署如下：

以第三十九、六十三军防守曲江、乐昌、仁化、南雄地区，为第一道防线；第二十三、七十军位于英德、翁源、新丰地区，为第二道防线；第三十二、五十军在佛冈、花县、从化地区组织防御，为第三道防线。第一〇九军及警卫团，宪兵第十七、二十六团，保安第一纵队驻守广州、增城。保安第三、四、五师分别驻守惠阳、清远、东莞。

与此同时，蒋介石又令胡琏的第十二兵团第十、十八两军驻防于潮安、汕头，以策应广州方面作战；以第六十二、六十四两军，分别位于湛江、海南岛，保障其通往雷州半岛和海南岛的退路；以保安第三、四、五师分驻博罗、英德、惠阳等地。

遵照毛泽东大迂回大包围的作战方针和部署，四野总部决定：

以二野陈赓第四兵团第十三、十四、十五

军，四野邓华第十五兵团第四十三、四十四军和由曾生带领的两广纵队共二十二万人组成东路军，执行解放广东的任务。

曾经在 7 月 17 日，四野司令员林彪、第二政治委员邓子恢、第一参谋长萧克和第二参谋长赵尔陆等人向中央军委报告了如下的广东作战计划：

邓华兵团准备以两个军经赣州、南康入粤，担任歼敌任务。陈赓兵团以两个军经遂川、桂东，准备出仁化、乐昌，到桂东后如见攸县、茶陵国民党军不退，则直向郴州、永兴前进，准备由南向北切断国民党军退路；到桂东后，如国民党军已撤退，即经汝城向仁化、乐昌前进，其另一个军经崇义向始兴前进。曾生部现在河南亦拟经赣入粤。

21 日，中央军委回复四野，电文如下：

林邓萧赵并告刘宋张李华南分局：

一、同意你们七月十七日电（二十一日才收阅）整个部署方针。

二、陈赓与邓华分两路入粤是对的，但请注意桂东桂阳道路、粮食情况。如有困难，则

中央进军广东部署

陈赓之重武器及大行李可循邓华道路南进，而邓华则除南始大道外，可在东侧找一条辅助路。

三、陈、邓入粤后，准备以陈兵团从北江、邓兵团从东江（可能须先占惠州）两路攻广州，而在攻广州之前，两兵团各须在北江、东江休整一短期（例如半个月至一个月），与华南分局会合，商定接管广州及全省的整个部署，并配备干部。以上请转知陈、邓注意。

四、陈邓两兵团速与华南分局方方电台沟通联络，并与军委通电。

五、华南分局迅即由梅县移至南雄，迎接陈、邓，会商一切。

六、此间当令叶剑英同志提早赴粤。

军委

七月二十一日

　　电文中的"刘宋张李"分别是指当时正担任第二野战军的司令员刘伯承以及中共中央豫皖苏分局宋任穷书记、第二野战军副政治委员兼政治部主任张际春和参谋长李达。

叶剑英南下

1949年8月1日，毛泽东为中共中央起草电文，发出《关于华南局、华中局、西南分局的干部配备及其管辖范围》的指示：

广东不成立省委，设潮梅、东江、北江、南路、中区等几个区党委或地委，受华南分局直接领导；华南分局以叶剑英、张云逸、方方同志为第一、第二、第三书记；华南分局领导广东、广西两省及香港工委。并确定由第二野战军第四兵团和第四野战军第十五兵团组成一个独立兵团，由叶剑英、陈赓统率，进军华南，担任消灭国民党粤军余汉谋集团、解放广东全境的任务。

在这之前，叶剑英曾任北平市军管委员会主任兼北平市长，正在领导北平市的接管工作。接到南下命令后，他又废寝忘食地投入南下的各项准备工作中。

南下之前，毛泽东曾同叶剑英有几次谈话。他告诉叶剑英："你这次南下，先到江西赣州同第四、十五兵团负责人及方方等人会合，然后召开会议，着重解决好党

中央进军广东部署

政军领导机构的组成和各级干部的配备，解放广东的作战步骤，以及制定接收管理广东的各项政策，准备对付帝国主义的经济封锁和军事干涉等八个方面的问题。"

叶剑英长期在毛泽东身边工作，很受毛泽东信赖。毛泽东说："你一定能胜此重任。"

经过短暂的准备之后，叶剑英向毛泽东汇报了南下的准备情况，并向毛泽东辞行。

叶剑英觉得干部不足、人手紧张是当时的一个突出问题，所以在向毛泽东汇报工作时便很风趣地说："主席，华南解放晚，别处都把干部要走了，剩下能分配给我们的干部太少了，好比我们客家话中的'水尾田'，流到最后剩的水就不多了，您看怎么办？"

毛泽东听后一边笑，一边风趣地说："'水尾田'是'水尾田'，但那里有一股泉水嘛。"

叶剑英听了心领神会，两人都开怀大笑起来。叶剑英知道，毛泽东所讲的"泉水"，是指原华南分局，两广纵队和人民群众，那里藏龙卧虎，有非常丰富的人才资源，干部问题要靠他自力更生去解决。

8月10日，叶剑英离开北平南下。由于当时交通受阻，叶剑英先乘车到达天津，后经徐州、郑州到汉口，再乘船沿长江东下，经九江、南昌，于9月初到达赣州。

按中央指示，参加解放广东的军队、地方负责同志和粤赣湘边区游击队的领导也陆续到达赣州。

进军广州作战会议

9月7日，叶剑英在赣州主持召开进军广州的作战会议。

出席会议的有华南分局第三书记方方，二野四兵团司令员兼政委陈赓、副司令员兼参谋长郭天民、副政委兼政治部主任刘志坚，四野十五兵团司令员邓华、政委赖传珠、第一副司令员兼参谋长洪学智、政治部主任肖向荣，两广纵队司令员曾雷林（曾生）、政委雷经天，华南分局秘书长李嘉人、军事组长陈健，湘粤赣边纵队副司令员黄松坚、副政委朱曼平、第二支队司令员刘向东，以及一些准备参加接管广东的军政干部等。

在这次会上，主要分析了广东地区的形势，研究解放广东的作战计划等问题。会后，他们将解放广东的作战计划上报给中央军委及四野首长：

军委、林邓肖赵、并刘邓张李：

一、我们于9月7日召集作战会议，由叶主持，参加者有方与分局同志及邓、赖、洪、肖、曾、雷、赓、郭、刘。商讨结果如下。

二、解决广东问题，我们依照军委意图，先行消灭北江、东江之敌，进占曲江、惠阳，

中央进军广东部署

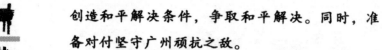

创造和平解决条件，争取和平解决。同时，准备对付坚守广州顽抗之敌。

三、集结。因四兵团与十五兵团相隔过远，力求得同时发展，齐头并进，突然实行钳形合围，必须先行集结。集结地区，十五兵团南康、新丰地区。四兵团除十五军先行集结南雄地区外，主力待十五兵团通过，集结于仁化、汝城之线。两广纵队集结于兴国以南地区。以上于9月底可集结完毕。

四、作战方案：

1. 如敌扼守曲江、英德之线顽抗时，四兵团除以一部由铁道西迁回敌之左侧外，主力沿粤汉路及东西两侧并进。十五兵团由三南插至英德或以北断敌归路，求得歼灭敌之四个军。以两广纵队经惠阳向南迂回，并相机占领惠州，视情况必要时，以一个军加强之。华南分局主力则积极向潮汕方向佯攻，牵制与迷惑敌人。

2. 如敌集中主力退守广州、虎门时，我决以四兵团沿粤汉路南下进至广州以北、以西，十五兵团进至广州以东，两广纵队则插至广州以南，截断广州虎门间之联系，合力聚歼广州之敌。华南分局部队仍监视与钳制潮汕之敌。

3. 赣州经曲江、翁源、从化至广州及由南康经龙南、和平、河源至广州之两条公路干线，由四、十五两兵团工兵部队分工抢修，以利交通。

五、建议叶飞兵团攻占厦门后，指挥一部出汕头。湖南作战最好同时动作，并向东佯动，以资配合。以上作战预定计划，是否有当，请审核示遵。

叶剑英

陈赓

9月8日

会议召开的第二天，毛泽东为中央军委起草电报，对赣州会议及进军华南作出重要指示：

叶（剑英）方（方）陈（赓）邓（华）诸同志，并告林（彪）邓（子恢）：

一、你们业已聚会于赣州，极为欣慰。你们会议内容应照中央迭次电示及面告剑英者扼要作出决定。

二、方方等同志领导的华南分局及华南各地党委和人民武装有很大的成绩，新的华南分局及即将进入华南的人民解放军主力，应对此种成绩有足够而适当的估计，使两方面的同志团结融洽，互相学习，互相取长补短，以利争取伟大的胜利。

中央进军广东部署

三、你们一面开会，一面即可命两兵团开始向南进军。第一步进至韶关、翁源之线，准备在该线休息若干天，然后夺取广州。我们认为不应分兵去惠州，待夺取广州再占惠州为适宜。因为四野主力于九月中旬即可向芷江、宝庆、衡州之线前进。白崇禧必然不战而向广西撤退（他决不会在湖南境内和我决战，所布疑阵是为迟滞我军前进之目的）。我陈邓两兵团应争取于十月下半月占领广州。陈兵团预计十一月进至梧州区域。四野主力则于同时进至柳州、桂林区域。十二月即可深入广西，寻找白部作战。刘邓率二野主力，十一月可入贵州境内，十二月可入重庆。如此，则我各路军可以互相配合。你们对进军时间及攻击目标等项，有何意见，盼告。

军委

9月11日至19日，叶剑英又在赣州主持召开了中共中央华南分局扩大会议，着重研究了华南地区党政军统一协调、接管城市政策及农村政策、各级领导机关的组成及干部配备、支前工作及防止帝国主义干涉等问题。

9月21日至24日，华南分局举行高级干部会议，传达贯彻分局扩大会议的精神，叶剑英、方方、陈赓分别作了报告。会议统一了思想认识，研究了具体部署。

赣州会议，卓有成效地解决了广东作战的指导方针、作战计划、干部配备、支前工作和城市接管等一系列重大问题，对加快广东的解放具有重要意义。

根据中央军委的指示及赣州会议的决定，9月28日，叶剑英、陈赓签发了《广州外围作战命令》。

次日，陈赓将进攻广州的部署上报中央军委及四野首长：

军委：

一、敌情：

自我军占领南雄、始兴、龙仙墟后，广州震惊，粤敌今后动向可能为：（一）扼守曲江、翁源（老城）、英德地区以迟滞我之前进，逐次退守广州。（二）不守曲江、英德，集中主力，坚守广州。（三）保存力量由三水、肇庆或中山经雷州半岛，退守海南岛或广西。

二、任务：

我军按照军委意见有先歼灭曲江、翁源（老城）、英德地区之敌然后迅速南下，协同粤境我人民武装会攻广州完成解放全广东之任务。

三、战斗区分：

为便利作战指挥，以四兵团为右路军，十五兵团（缺四十八军）为左路军，两广纵队、粤湘赣纵队、粤中纵队，组成为南路军，由曾

中央进军广东部署

雷林统一指挥。

四、作战部署：

（一）如敌守曲江、英德、翁源（老城）地区，作战部署如下：

甲、右路军部署：1. 十四军应于9月30日自桂东、古亭地区出发，于10月8日黄昏前以一个师进占龙归墟东北高地，堵击曲江可能西逃之敌军。主力应沿北江西岸，自取捷径，迅速南下，进占三水地区，截断广州敌之西退道路。2. 十五军应于10月6日自始兴地区出发，自取捷径（不得侵占左路军路线）于10月8日黄昏前，抢占大塘墟、马坝墟以西以北高地，与周、李（十三、十四军）两军切取联系，于10月9日拂晓自南向北，对曲江发起攻击。3. 十三军应于10月2日自上犹地区出发，经聂都墟、古亭分两路出仁化，于10月8日黄昏前抢占白芝坝石下之线以南高地，与秦、李（十五、十四军）两军切取联系，于10月9日拂晓自北向南对曲江发起攻击。4. 右路军于歼灭曲江地区之敌后（除十三军留一个团维持曲江秩序等待地方交接后归建外），主力应迅速南下协同左路军歼灭英德地区之敌或直迫广州。

乙、左路军部署：1. 以一个军经南雄、始兴深水波、司前街、千家镇，于10月8日进至新江墟、翁源地区，视情况出河头圩或英德以南，堵击曲江南逃之敌。如敌坚守英德应先包围之，以待右路军南下协同歼灭之。2. 另一个军于10月1日出发，经龙南、虔南于10月8日进至龙仙墟、翁源之线。该军依情况出英德以南，协同右路军歼灭英德地区之敌，或依情况直趋广州。3. 左路军于歼灭英德地区之敌后，应协同右路军迅速南下直迫广州。4. 左路军指挥部行进路线请自定。

丙、南路军部署：1. 两广纵队应于10月10日前到达和平地区迅速继续南下，经河源、博罗地区，争取于10月20日进至广州虎门之间地区，与粤湘赣纵队会师，截断广州虎门之间联系。2. 粤湘赣纵队应于10月10日自现地出发，自取捷径于10月20日前进至广州以南地区，截断敌南退之道路。如在两广纵队（因路远）未能按时到达之情况下，该部必须积极准备单独作战，努力钳制广州之敌，不使南逃，以等待主力南下聚歼之。

（二）如敌军放弃曲江、英德、翁源退守广州，或仅以小部沿途阻击，主力退守广州或向西及西南撤退时，作战部署如下：

甲、右路军部署：1. 十四军应毫不停留，迅速沿北江西岸经英德、清远、四会地区，自

中央进军广东部署

取捷径，于10月20日前全部进至三水地区，截断广州敌西退道路，形成对广州西面之包围。

2. 十五军应毫不停留，迅速沿北江东岸铁路线并采平行路对敌跟踪进击，于10月20日前进至广州以北之高塘墟、官窑墟之线，形成对广州北面之包围。3. 十三军为第二梯队随十五军后尾进。

乙、左路军部署：1. 四十三军应选道沿翁源从化公路于10月20日前进至龙归市龙眼洞之线，形成对广州东北面之包围。2. 四十四军应迅速自取捷径，于10月20日前进至龙眼洞车陂之线，形成对广州东北面之包围。

丙、南路军在两种情况下均应迅速按时进至广州以南，截断敌之退路，以待主力南下围歼之。

五、四兵团所属重炮第七团、第十五团为总预备队，沿曲江、翁源、从化公路在左路军后跟进。

六、界线划分：

曲江以南行军分界线曲江翁源从化公路线（含）属左路军。公路（不含）以西属右路军。两广纵队应循河源博罗线前进，以免与左路军交叉拥挤。

七、通信联络：

（一）各电台必须注意密切联系，各毗邻军

应立即沟通电台联络，其联络密规按四兵团通字第十二号命令统一使用之。（二）口令信号按二野司"联字"口信第八号正用，以第十号正用作备份。

八、后勤设施：由各兵团各纵队自行设施。

九、注意事项：

（一）自现集结地前进后必须严守时间，按时到达指定位置，不得延误战机。行进中严守分界线。（二）南路军与右路军之十四军在第二种情况下必须以急行军按时到达指定地区，此举关系重要不得延误。（三）凡沿铁路公路前进之部队应注意迅速抢占桥梁，勿为敌破坏。（四）凡进入城市部队必须严守城市政策，原封不动，以待地方接管。

十、指挥所到达位置随时电告。

此令

叶剑英

陈赓

上述部署，是针对余汉谋集团在曲江至广州一线层层设防的特点而制定的，先夺取曲江、翁源，尔后攻占广州，力求在广东境内歼灭余汉谋集团。

9月中旬，我军参战部队结束休整，开始向湘粤赣边

预定地区集结，并快速地按照部署展开出击。

10 月 1 日，毛泽东阅后复电：

陈赓并告林彪、邓子恢、叶剑英、方方：

同意你们向广州进攻之部署。

广东战役从此拉开序幕！

二、 扫清广州外围

● 城内有一个连的敌人龟缩在城楼上，一三四团集中火力向敌军猛烈射击，毙敌 10 余名后，其他的守城敌人便纷纷投降。

● 第一三四团走在最前面的二营四连二排立即跑步赶到桥头，在地下党护桥人员的协助下，很快控制了火势，保证了后续部队顺利通过大桥，进占曲江。

● 团长说道："兵贵神速，咱们不能等了。现在我命令，跑步前进，消灭残匪！"

夺取岭南第一城

"广东战役"从 9 月 22 日就打响了。这一天，我军第二野战军第四兵团第十五军第四十五师在军长秦基伟的带领下，越过大庾岭，进入广东境内，与张华率领的湘粤赣边区纵队北江二支队在梅关胜利会师，打响了解放广东战役的第一枪。

9 月 23 日晚上，十五军四十五师先头部队一三四团在北江二支队的协作下，秘密运动至南雄城下。

凌晨 3 时 50 分，一三四团绕过珠玑岗，攻占距城北 4 公里的二塘，全歼伪保安团一个营。4 时 30 分，该团又逼近南雄城，歼灭城外守敌一个班。

此时，城东宾阳门已关闭，一三四团组织了两次爆破，突入城内。城内有一个连的敌人龟缩在城楼上，一三四团集中火力向敌军猛烈射击，毙敌 10 余名后，其他的守城敌人便纷纷投降。

随后，一三四团二营的战士们又迅速地占领了城中心国民党县政府的驻地。半个小时的激战后，二营战士歼灭一八六师五五八团一个连的兵力及团部的部分人员，俘虏敌人 200 余人。此战使城内的敌人失去了抵抗能力，他们除少数人还在负隅顽抗外，其余的人开始四处逃窜。

解放军一三四团乘胜追击，该团二营追至城南关时，发现敌人正往浈江大桥上洒汽油，准备焚桥，他们迅速发起进攻，一举全歼破坏大桥之敌，抢占大桥，保证了后续部队的顺利通行。

当晚，一三四团与北江二支队经上龙山直抵南雄城西北1公里的琵琶岭，截住了向百顺方向的逃窜之敌，俘虏敌兵200余人。

随后，一三四团和师直侦察分队在河南街也拦击到向始兴方向逃窜的敌五五八团二营及南雄保安团一部，俘虏敌人300余人。

24日凌晨，战斗结束。我军先头部队一三四团顺利地解放了号称"岭南第一城"的南雄，共歼灭敌一八六师五五八团三个营大部以及保安团大部，俘虏敌人近1400人。

扫清广州外围

打开粤北大门

10月6日，右路军的首攻目标直指曲江。

曲江，古称韶州，雄踞粤北，是广东的北大门，也是岭南与内地的交通枢纽，位于北江两大支流浈江和武江的汇合处，三面环水，城市依江而建，凭江而守，自古以来就是兵家必争之地。

曲江整个城市及邻近地区被北江分割成三大块，江河之间又夹以深山峡谷。因此，曲江几十年来都未能形成一般城镇所具有的环城路网，四郊往来只能通过市区。曲江复杂险峻的地形非常利于防守而不利于进攻。

依据当时的敌情和曲江的地形特点，第四兵团分三路钳形合击曲江：

第十四军在湘南支队的配合下，由湘南汝城出发，奔袭乐昌，先头第四十师及军侦察营以每日75公里的速度南进，一部进至曲江西南的下庙背，阻击余汉谋部第三十九、六十三军西逃；

第十三军在赣南支队的配合下，由大庾（今大余）出发，经仁化直插曲江；

第十五军在北江第二支队的配合下，由始兴向曲江挺进。

在两天前，第十五军侦察科长带领一个侦察排，从始兴向乌石、大坑口铁路一线进行战役侦察，途中遇到曲江游击队派去向地委汇报的同志，得知曲江守敌第三十九军已于当天乘坐火车南逃，剩下的敌第六十三军也准备撤退。

第十五军根据这一情报，当即决定除已出发进击曲江的第四十五、四十四师先头部队外，后续部队直接由始兴经翁源，斜出英德，加快向广州进军的速度。同时令第四十三师派出一支轻装部队，经始兴西南的老龙岭大山，迂回到曲江东南的枫湾、大塘、周田一线，包抄曲江之敌侧背。

进击曲江的第四十五师先头部队第一三四团于6日突破敌周田预设防线，继续向曲江攻击前进。同日，第十四军袭占乐昌，第十三军占领仁化。

留守曲江之敌第六十三军军长刘栋才走到地图前一看，北面和东面的共军离曲江只有60多公里，心想，此时不走，更待何时！便于6日下令弃城南撤。

第十五军第一三四团一昼夜急行军70公里，于7日凌晨进至曲江市区东岸的东河坝。

这时，敌第六十三军后卫正用汽油燃烧浈江上连接市区的曲江大桥。第一三四团走在最前面的二营四连二排立即跑步赶到桥头，在地下党护桥人员的协助下，很快控制了火势，保证了后续部队顺利通过大桥，进占曲江。

粤北大门洞开。

扫清广州外围

兵分三路解放翁源

1949 年 10 月初，与第四兵团右路军一起发起进攻的左路军第十五兵团也兵分两路开始南进。十五兵团四十三军由南康出发，经大庾（今大余）、梅岭关、南雄、始兴等地，于 10 月 6 日到达翁源。

翁源也是粤北的一个重镇，位于韶关市南部，北江支流翁江上游，东靠连平，南接新丰，西邻英德、曲江，北依始兴、江西。驻守在该县的官家骥是国民党一个少将师长，此人杀人不眨眼，双手沾满了共产党人的鲜血，被当地人称为"官家牛"。

早在 1947 年，官家骥便被调防翁源县，并兼任该县县长。他到任以后，四处搜剿共产党、游击队，气焰十分嚣张。就在知道了我军已发起"广东战役"后，他仍口出狂言："共军他有他的肚皮，我有我的机关枪。"可见这个家伙何等猖狂！

10 月 6 日，四十三军的先头部队四二九团从江西大吉山连夜行军挺进到翁源岩庄的中洞、小礼岭一带，待命出击。与此同时，北一支三团和独立第二大队共 100 多人由团长兼政委徐锡鹏率领，开至勒马山，封锁敌向西的退路；北一支一团主力营则封锁敌南逃退路。

第二天 16 时，四二九团兵分三路，从岩庄出发：

第一路由童少明等率领山炮营进军坝仔、江尾，待消灭这里的敌人后，旋即进攻县政府龙仙镇；

第二路由李群等同志带领二营经贵联、桂竹翁口拱桥，避过南浦自卫队直插大塘头，到了草子塘又分兵两路，一路经高屋、罗坑水到杨屋一带，另一路经江下大桥、田心、井头到八泉一带包围龙仙镇；

第三路由林奕龙、陈志超、李北海等同志带领四二九团团部及一营，由中洞经半溪、饶村、梅村、联益白乱滩，避过江尾自卫队从左侧直插河口大桥，在县政府西北面社岗下与二营形成对龙仙镇的钳形包围，团指挥所设在社岗下。

8 日凌晨 3 时，四二九团向国民党县政府东、西、北三面的外围碉堡发起总攻。

战斗打得异常激烈，特别是社岗下和客家闱。敌人利用其坚固的碉堡和较强的火力，顽固抵抗。

我军战士非常英勇，不怕牺牲，前仆后继，经过一个多小时的激战，把敌外围的 6 座碉堡全部拔掉，迫使敌人龟缩到牛岗背内的碉堡和县政府东门的一个地堡，不敢出来。

这时，住在县政府里的官家骥被枪声惊醒后问部下是怎么回事。部下回答他说："报告大人，是……是解放军打到县城来了。"

官家骥不相信地说："难道解放军从天而降?!"

扫清广州外围

接着，他一边命令部下"死守阵地"，一边要求他们"与解放军打到底"。

敌人虽然龟缩在两个碉堡内，但战斗还在时断时续地进行，直至早上7时，我军又向敌人发起第二次攻击。

经过一阵猛烈的攻击，敌人在县政府外围的最后两个碉堡也被我军攻破了，县政府已被我军团团围住。

为了减少市民生命财产的损失，避免建筑物被破坏，我方部队在做好强攻准备之后，决定对敌人开展政治攻势，迫使官家骥主动投降。

11时，四二九团山炮营的大炮对准了县政府的大楼，团长先后派出两人前往大楼中劝降，均不见官家骥的回音。

16时，山炮营战士识破敌人的拖延战术，他们对准县政府大楼连发两炮，将四楼的一个斗角炸了个粉碎。

当地商会马云章见此情景，请求"炮下留人"，他要亲自前往县府劝降。一个小时后，从县政府大楼的最高点竖起了一面白旗，官家骥及其政府官员列队走出大楼，集中到县政府门前的草坪上向我军投降。

至此，翁源县城宣告解放。

此次战斗，四二九团共俘虏官家骥等国民党军队以及保安队军警人员共360余人，党政人员150多人，缴获迫击炮2门，重机枪1挺，轻机枪18挺，冲锋枪12支，步枪346支，弹药一大批。

翁源县解放后，徐锡鹏团长迅即从勒马山率部赶到少光村，包围了新丰县逃跑的国民党县政府官员。

新丰县县长许子平见大势已去，即派出保安营长何冠群等人前来少光村与徐锡鹏等人进行谈判。在谈判中何冠群表示同意放下武器，但要等到明天，他说这是许子平的意思。

经过分析，徐锡鹏认为，许子平提出明天投降，是企图在当晚突围逃跑。徐锡鹏决定将计就计，在黄昏前解决掉许子平。

徐锡鹏命令三团的连队和一团主力营，把兵力埋伏在周陂附近，将许子平等人紧紧包围住，防止他们逃跑。徐锡鹏自己则以宴请的方式同何冠群等人继续谈判，直至做好战斗准备后，又以"护送"的方式，让10多名武装人员跟随何冠群一起，突然闯进许子平的驻地。许子平正准备突围，见解放军已来到面前，已知无力反抗，只好缴械投降。

翁源县解放后，共产党立即成立了县委会和县政府，四二九团团长徐锡鹏被任命为县委书记兼县长。新政府迅速地发动群众投入支援南下大军解放广州的工作中。徐锡鹏要求在大军过境的岩庄、坝仔、江尾、南浦、龙仙、兰李、三华、六里、利龙、官渡、翁城、新塘、江镇等地，分别设立13个供应站，具体负责大军过境时所需的柴米油盐、蔬菜、草料等物资的供应工作。

翁源县政府的支前工作做得非常出色，该县仅龙仙镇英村乡就为大军筹集了4.8万公斤稻谷等大批物资。

扫清广州外围

另外，他们还组织了 700 多人的支前大军为大军运送军用物资。

该县岩庄乡支前委员会为及早抢修好到鲁溪的公路和大小桥梁，组织了数百名民工修桥补路。坝仔大桥是翁北通往龙仙的重要桥梁，是大军过境的必经之桥。原遭国民党的严重破坏，支前委员会发动了 300 多民工砍来树木，经过 3 天 3 夜的苦战，终于把大桥修好了。

与此同时，茶园、展旗等乡还筹集了 15 余万公斤粮食等大批物资，保证了大军后继部队的需要。

据不完全统计，翁源全县共出动民工达 1 万人之多，其中青壮年近 1000 名，为大军抬担架、运送军用物资等。他们配合大军为解放广东作出了积极的贡献。

合围交通要道佛冈

　　翁源的解放，为第十五兵团南下打开了通道。消息传开后，我第四野战军十五兵团四十三军一二七师由南康出发，以急行军速度经梅岭关、始兴等地，于 10 月 8 日来到了翁源县附近的佛冈县。

　　先头部队从捉来的俘虏口中得知，佛冈县驻有敌人第三十九军一〇三师三〇七团共约 2000 人的兵力，全副美式装备，已占领佛冈河两岸山地，并构筑了较为坚固的工事和地堡。

　　一二七师师长根据侦察连汇报的情况，一面将此情况及时报告给军部，一面命令部队跑步向佛冈前进，尽量接近敌人。

　　敌团部驻扎在龙溪村以北的大山上，主要兵力部署在石角河畔、龙溪村以北、张田坑以南、莲花岗以西、何木径西北、佛冈河以北两侧各个高地。

　　其二营在佛冈县城西小坑以北 168 高地上，距佛冈县城 5 公里左右，为败逃时做增援准备。

　　敌人据守的高地，都筑有地堡、堑壕、交通壕等野战工事。

　　我四十三军首长得到一二七师师长的汇报后，立即命令该师去佛冈县消灭这伙敌人。

扫清广州外围

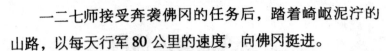

　　一二七师接受奔袭佛冈的任务后，踏着崎岖泥泞的山路，以每天行军 80 公里的速度，向佛冈挺进。

　　两天后，部队进入佛冈县境内石龙一带，师首长根据石龙的地形展开了对敌人的分割包围：

　　三七七团由王坑以北穿插到佛冈县城西，以一营迂回至佛冈城西南，切断敌人向西南方向的逃路，并使敌二营和其主力中断联系；

　　三八〇团以二营经古塘插至佛冈以南，与三七七团一营取得联系后，迅速占领佛冈城，该团主力则直逼佛冈龙溪山下；

　　三八〇团由饮水塘、张田坑一线从正面向敌人进攻。

　　11 日 9 时，各团均按时到达指定位置，第三七七团还顺便歼灭敌人一个加强连。

　　三八〇团则已占领老城并歼敌一部，并攻占了 196 高地。

　　敌人被我军包围在各制高点上，利用既设工事进行顽抗。我军迅速派出相关人员带上劝降信前往敌阵地劝降，但均没有成功，敌军还残酷地杀害了我方的送信人员。

　　从广州方向还飞来几架敌机为坚守在阵地的敌人助战，他们给敌阵地投放弹药物资以及宣传品，还对我方阵地进行扫射以示空中增援。

　　此时，我军部队因远距离奔袭作战，指战员身体已相当疲劳，而师山炮营及炮纵的山野炮团尚未赶到。据此，师首长命令各部队继续做好总攻前的一切准备，特别要选好突破口和炮兵发射阵地，待命攻击。

10时过后，我军的炮兵指战员，赶着骡马连推带拉地出现在前沿阵地。骑着马走在最前面的是一二七师炮兵营营长和炮纵某师副师长，他们快马加鞭跑向我方的阵地。

一二七师师首长向炮兵指战员介绍了敌情、地形等情况，请他们选择射击阵地。

炮兵的具体部署是：师山炮营主力两个连归三七七团指挥；另一个连归三八〇团直接指挥。

部署好炮阵后，师首长立即下达了总攻的命令，一时间，10多门大炮一齐开火。炮弹呼啸着射向敌人阵地，几个山头顿时烟雾弥漫，敌人的工事不一会儿就被轰得乱七八糟，工事里的敌人也被炸得死伤惨重。

敌人发现我军的炮兵阵地后，立即用迫击炮还击，敌机也飞来轰炸。有几个战士负伤了，被担架抬下山去。观察员及时指出敌炮兵阵地的位置，接着，炮弹纷纷射向敌人炮兵阵地，敌人的迫击炮被打哑了。

这时，冲锋号响了。我军攻击部队的机枪、冲锋枪、手榴弹一齐响起来，战士们举着红旗，漫山遍野地冲向敌人山头。

在我军强大的炮火支援下，经过30分钟的激战，我军三七七团攻下了何木径敌117高地，歼敌70余人。其余残敌向龙溪方面逃窜。三八〇团二营则攻下了龙溪以

扫清广州外围

北的敌人主阵地，俘敌一部。

另外，担任突击任务的连队，在炮火掩护下，仅用几分钟就攻下了敌人的主要阵地。

敌人虽然拼命抵抗，但在我军炮火的猛烈轰击和部队的勇猛攻击下，不久就开始溃败了。当我军将佛冈以北154高地夺下时，顽抗之敌开始动摇混乱了，我军便乘势追击。

经过30多分钟激战，敌人防线全部崩溃，三八〇团一营插至龙溪，将企图逃跑之敌80余人全部俘虏。

到第二天早7时30分，佛冈县城顺利解放。

12日，我军在歼灭了敌三〇七团主力后，于当日18时推进至小坑，将盘踞在小坑以北45高地、50高地、70高地之敌包围了起来。

13日凌晨，三七七团一营、三营的战士们对敌人发起了总攻。在我军强大的火力攻击下，敌二营全军覆没。至此，我一二七师取得了解放佛冈的全面胜利。

这一仗是广东战役中非常重要的一仗。

此次战斗，一二七师歼敌三〇七团全部及地方一个保安营，毙敌200余名，俘敌团长王家桢以下官兵2000余名，缴获了全团的美制武器装备。

追击残敌捷报频传

1949 年 10 月，就在四十三军一二七师解放佛冈后，四十三军的一二八师也经宜春、安福、吉安、泰和、遂川、南康、大余等地，踏上了广州战役的征途。

10 月 13 日，一二八师三八二团的先头部队三营战士来到了花县县城以北 40 公里处一个叫"鳌头圩"的村庄，他们在这里发现了国民党的一个营。三营前卫九连在营长、教导员的指挥下，一面派人向后面的团部报告敌军情况，一面对这里的敌人来了个大迂回包围。

半个小时后，三营的战士们经过一阵激烈的冲杀，歼灭了这伙敌人。经查证，他们是敌第五十军三十六师一〇六团第三营的士兵。

这一仗，三营共俘敌 270 多人。这是三八二团进军广东的第一仗。这次胜利，大大地鼓舞了该团战士们的士气。

三营初战告捷后，不甘落后的二营指战员也主动请战，要求将攻打花县县城的主攻任务交给他们。

三八二团的张团长召集了营级以上干部开会，他同意让二营担任攻打花县县城的主攻任务，另外又派一营去截断敌人退路，并阻止敌人增援。

当天下午，部队按时出发，他们在当地群众的带领

扫清广州外围

下，经过 50 多公里的长途跋涉，翻过一座山后，来到了山脚下的花县县城。

这时正是大白天，为了不让敌人的哨兵发现，二营营长决定先带一个连的战士突进城中去摸清敌人的情况。

随后，二营四连在副营长的指挥下，一举突入花县城内。城内就是敌人的县政府，这里住着敌人的一个中队。这个中队不堪一击，四连很快便攻破了县政府，俘虏了县政府内的 60 多个敌人。

从这些俘虏的嘴里，战士们了解到，在十字街口处的县立中学内，还驻扎着敌人的一个保安团。

得到这个消息后，四连连长派出一个战士与在城外等候的其他连队战士会面后，一起向县城十字街口奔去。

战士们来到十字街口，看见中学门口的一伙敌人正乱哄哄的吵闹着。战士们出其不意地出现在敌人的面前，不发一枪一弹，敌人就乖乖地缴了枪。

在县城城南，二营六连的战士们也与敌人接上了火。他们采用闪电战术，快速冲杀，不给敌人喘息的时间，很快也消灭了这伙敌人。

至此，花县县城的战斗基本结束。

在另一处，在城南负责防止敌人逃跑的一营战士们，在城内战斗正要结束的时候，发现了前来增援的敌一〇六团和另一个营。这群敌人刚刚走到花县城南一公里处，就同一营的战士们接上了火。经过激烈的战斗，一营战士们打退了前来增援的敌人。

战后，二营战士们高兴地说："学三营，赶三营，三营上午刚刚抓了二百七，下午又俘虏了整两百，大家都是英雄汉，一齐奋战广州城。"

战斗结束后，二营的战士们才知道原来花县的敌人仅有4个中队，共200多人，而二营却有800多人，比敌人多了4倍。

这一仗，二营共击毙敌人6人，击伤20余人，俘敌200多人，缴获重机枪1挺、八二炮1门、轻机枪2挺、步枪200余支，我军却无一伤亡。

此外，战士们还缴获了崭新的大汽车1辆、小卧车1辆。其中，在大汽车上，装有港币10多麻袋、银元10多铁桶，还有一些食品等。

三营战士的鳌头圩初战告捷与二营的花县胜利，使在这两次战斗中收获很小的一营战士们着了急。他们纷纷向团长要求夺取从花县通往广州的必经之道仁和大桥，好让大军能够迅速地向广州城内挺进。

三八二团的张团长同意了他们的请求，并由团部的几位负责同志研究确定，由侦察股长带领侦察排先行一步，再利用黑夜作掩护，秘密地进到离仁和大桥5里多的小村庄，了解桥上敌人的兵力部署情况，等弄清敌情后就可以打敌人一个措手不及。

第二天拂晓，一营战士们行军25公里后，来到了仁和大桥的桥北处。

这时，刚刚从大桥附近侦察到消息的侦察排报告一

扫清广州外围

营营长说:"据附近村庄的群众讲,桥上有敌人站岗,守桥哨兵有 10 多个人,村子里驻有约一个连的敌兵。另外,他们昨天还来了两辆汽车,不知道是送什么的,来的人还到桥下去看过,前几天就有几十个敌人在河南岸挖堑壕、修工事。群众还说,大桥以东有些河面可以蹚过去,我们已找好了两个能把部队带到徒涉场的向导。"

了解敌人的情况后,一营营长当机立断,命令由一连的战士从桥的正面向敌人发起进攻,再由二连涉水过河到河对岸,对桥上的敌人进行偷袭包围,而村里的其他敌人则留给三连战士对付。

明确打法后,二连连长迅速带领部队来到桥东的河面。战士们以排为单位,在河北岸做好渡河准备,并预设轻重机枪掩护阵地,以防万一。渡河侦察的几个同志在向导的指点下,开始下水徒涉。他们每前进几米就插一根竹竿,并在河里迂回曲折地向前。

经过艰难的水中徒涉,他们终于到达了南岸。

紧接着,二连的一、二排各站成一路队形也下了水,一会儿水深及胸,一会儿水浅不过脚腕,最后,他们快步跑上沙滩,全都上了岸。

敌人为了防止解放军进攻,早已在桥上安放了大量炸药。

二连长带人摸到桥头时,只听一个哨兵说:"咱们什么时候炸桥啊?"另一个就说:"共军还远着呢,来了就炸!"

他们的话音未落，二连长突然出现在他们面前，举枪大叫："谁说还远？举起手来！"

看着从天而降的解放军，桥头的敌人吓得目瞪口呆。两名战士过去下了他们的枪，身后的战士们立即冲了过来，占领了桥头阵地。

与此同时，潜伏在桥另一头的一连战士，听到对岸的攻击信号时，也都向桥上扑去。桥头的两个哨兵发现了他们，问道："干什么的？"

只听得"砰砰"两声枪响，这两个敌人就顺势倒了下去。其他的敌兵看见我军后面的大部队，吓得撒腿就要开溜。

一连战士冲上去，高喊："站住！不站住就打死你们。"这几个敌哨兵只好把枪往桥上一丢，乖乖地举起手来投降了。

仅仅几分钟的工夫，长达300米的仁和大桥就被我军攻破了。

战鳌头、取花县、夺大桥，连战连捷，这极大鼓舞了三八二团战士们的士气。他们个个摩拳擦掌，纷纷要求乘胜杀进广州。团首长也向上级递交了请战报告。

但此时团首长却接到了军部"不要盲目行动"的命令。原来，在前面龙眼洞一带，日本鬼子曾修筑过许多暗堡、坑道，敌人在那里派了两个师的兵力设防，盲目行动可能会造成重大损失。

仁和大桥距离广州市还有20多公里的路，团长命令

扫清广州外围

部队原地休息。

13 时左右，侦察员回来报告说，前方有大批敌人从从化向广州方向逃跑。

团长闻讯立即说道："兵贵神速，咱们不能等了。现在我命令，跑步前进，消灭残匪！"

团长命令参谋长带领两个连，去龙眼洞一带搜索、警戒，伺机行动，保证部队侧翼、后翼安全；自己则带领部队跑步向广州突进。

三、 攻克广州城

● 10 月 14 日 17 时 30 分，一二八师三八二团战士们顺利进入广州沙河镇。

● 15 日凌晨，三八二团二营歼灭敌第五十军第一〇七师 1000 多人，取得了守卫黄沙车站的最后胜利。

● 广州市区内的枪声渐渐地平息了，广州市也迎来了它新的一天——广州解放了！

大战黄沙车站

10 月 14 日 17 时 30 分,一二八师三八二团战士们顺利进入广州沙河镇。他们一路上没有遇到任何抵抗,国民党军队犹如惊弓之鸟,各处阵地上早已没有一个人了。

沙河镇街上的守军也龟缩在广州城里,整个大街上只剩下几个警察。战士们从这些警察的口中得知,部分敌人正准备从广州黄沙车站过珠江向南逃窜。

三八二团布置好警戒,就开始制订进攻广州城的计划。团首长经过研究决定:一营和团直属队急插市警察局和国民党"总统府";二营沿珠江直插沙面及黄沙车站;三营沿惠宁路疾进,在黄沙车站与二营会合;榴炮连暂时在沙河接师主力进入广州市。

得到"直插沙面及黄沙车站"命令的二营战士们在沙河镇与大部队分手后,立即轻装前进,直插黄沙,他们的任务是堵住敌人的退路。

在一名沙河镇投诚警察的带领下,他们经过一个多小时的跑步前进,来到了黄沙车站附近的一桥头。

这时候,天已经黑了,守桥敌人发现前方有人,便大声问道:"什么人?口令!"

二营营长一面让投诚警察与守桥敌人搭话,一面将部队散开,占领有利地形,向桥头发起了进攻。

突然的变故，使固守在楼房、地堡、桥头工事里的敌人一片混乱，只听见咒骂声、叫喊声、枪械撞击声响成一片，随即，从暗堡里射出了子弹。

我军趁敌人还没有来得及布置好火力，先用轻重机枪压制敌人火力。

一排战士向桥头发起了进攻，他们迅捷地攻到桥头附近。一排长一马当先，突然，桥右侧碉堡里射出一排子弹，几名战士中弹倒地，一排长也身负重伤。

二营长立即将二排长和三排长叫到跟前，命令二排战士迅速炸毁敌桥头火力点，突破后再向黄沙、珠江码头方向扩大战果，而三排则从另一条街道迂回到黄沙车站，配合进攻。

部署完毕，营重机枪和连轻机枪以猛烈的火力压制敌桥头和附近楼房的火力点。八班长等几个同志，抱着炸药包利用房墙作掩护，匍匐向前。八班长在靠近敌碉堡时，一跃而起，将炸药包紧贴着碉堡的薄弱部位，拉燃了导火线，随后迅速转移到安全地带。只听"轰"的一声巨响，几个敌人连同碉堡一起上了天。

攻克广州城

八班的另一个战士趁爆炸的一瞬间，利用烟幕的掩护，很快冲过桥。正准备爆破楼房的时候，发现大楼右侧20多米处有个敌人火力点正向我方射击，他迅速跑过去，轻而易举地将这个火力点炸掉了。

固守在大楼里的敌人听见了楼旁的爆炸声后，顿时乱成一团。他们窜下楼就往江边跑，企图越江南逃。

二排长立即发出了冲锋的信号，战士们一跃而起，迅速突破了敌人的防守阵地，占领了街道路口。

此时，天色已晚。战士们正在巩固阵地，忽见从左前方珠江边上射来一道道亮光。原来是前来增援的敌人向天空发射了照明弹。顿时，四周如同白昼。敌人发现了我方的目标，我军也从敌照明弹的亮光中，看到公路右边排列着一行很长的车队，以及汽车底下藏着的敌人。

二排长估计敌人可能会向我军进行反扑，便马上命令全排4挺轻机枪和18支冲锋枪的射击手都来到刚占领的大楼的走廊、门窗和墙角的有利地形上，准备迎击敌人的反扑。

不出所料，不多时，汽车底下的敌人就向我方阵地爬来。二排长让大家屏住呼吸，靠近了再打。

几分钟后，当敌人想从汽车底下爬出来的时候，二排长一声令下："打!"

顿时，轻机枪、冲锋枪、步枪一齐开火，前面的敌人倒下一片，后面的敌人也死的死、伤的伤，余下的则扭头跑了回去。敌人的第一次反扑，仅一分钟就被我二排战士给打垮了。

第二次反扑时，他们改变了方法，企图以人墙战术进行强攻，但仍被我方的强大火力给打退了。

第三次反扑时，他们一方面集中火力向我军射击，封锁我军前进的道路；另一方面再次收罗残兵败将，将自己的阵地移至车站附近的小巷子里。

小巷作战是我军的强项，二营长派出二排和三排两个排的战士对敌人进行了迂回包围，使敌人前后受敌，不一会儿就消灭了敌方很多人。

敌人的反扑计划再次失败后，战场上暂时安静了下来。紧接着，他们决定孤注一掷。

一敌军官亲自出马，趁着黑夜，冒充我方人员，大摇大摆向我军阵地走来。

带领战士们守候在巷子里的三排长，看见前方走过来一个人，便大声地问道："什么人？"

那人随口说道："自己人。"

三排长认为敌人一个人是不敢贸然前来的，于是便放松了警惕。谁知这人走到离三排两三米处时，突然用冲锋枪对准我方阵地一阵狂射，射击后又迅速地逃离了现场。

敌人的这次偷袭，使三排的几名战士负伤，另有两名战士牺牲。

吃一堑，长一智，三排长估计敌人占了这次便宜后，还会来第二次，于是便把消灭单个敌人的任务交给了排里的狙击手。

10 多分钟后，从敌方的阵地上又过来一个黑影，三排长立即提醒狙击手做好射击准备，待这个黑影离三排阵地很近的时候，三排长又大声地问道："什么人？"黑影的回答和上次一样。

三排长对狙击手点头示意了一下，只听得"砰"的一声，这个黑影便倒了下去，再也没有爬起来。

于是，敌人的偷袭手段也就没有再次得逞。

三排的战士们坚守在自己的阵地上，打退了敌人一次又一次的进攻，打死敌人 80 多人，其中连排军官 4 人，打伤多人，从而保证了二排战士迂回到敌侧后，围歼敌人。

战至 15 日凌晨，三八二团二营歼灭敌第五十军第一○七师 1000 多人，取得了守卫黄沙车站的最后胜利。

大部队跑步入城

10 月 14 日，三八二团三营与二营战士分手后，也按计划开始了他们的行动。

当部队进到先烈路，在靠近黄花岗"七十二烈士"墓时，天河机场和南边传来了"轰隆隆"的爆炸声。

团政治处主任说："这是敌人撤退时的破坏活动。同志们，我们要加把劲，早到一分钟，就可以使广州城少一分损失。"

战士们听完团政治处主任的话，立即沿着先烈路跑步前进，急促的跑步声打破了黄昏时的宁静。

19 时左右，三八二团部队即与掩护敌撤退的第五十军接上了火。

敌人以小分队在各街道的岔路口设防，他们依仗较高的楼房布成火力网，企图阻挡我军前进。我军则凭借障碍物，顽强向前进攻，以期突破。

常言道，"明枪易躲，暗箭难防"，街道两旁楼房里的火力，对我军造成了巨大的威胁。为此，三八二团团长不得不派出一些战士首先消灭楼房之敌，以扫除前进的障碍。

但这种战法使我军的队伍变得很分散，从而减慢了前进的速度。

攻克广州城

为了迅速解放广州城，团长命令各营设法绕过阻击的敌人，不与敌人在街上对峙，把他们留给后续部队解决。

接到命令后，三营快速行进到长寿路北段，他们却在这里碰上由北向南撤退的敌人。三营战士出其不意，将敌人的撤退队伍打乱，接着，战士们又跟踪逃走的敌人到黄沙车站与二营会合。

三八二团的一营，在向市警察局进攻时，在街道两旁遇到了同三营同样的情况。街道两旁楼上的敌人不断地用火力封锁他们前进的道路，使他们的行进受到了阻挡。

一营营长没有硬拼，而是采取喊话的方法瓦解敌人："蒋介石的末日到了！中国人民站起来了！楼上的兄弟们，快投诚吧！解放军优待俘虏。"

也许是广州国民党军队听不懂普通话，营长的喊话并没有引起他们的注意。这时，街边的群众听了，主动协助部队用广州话喊。

这声音不是催眠曲，而是朝阳歌。用广州话喊话的群众终于把这些阻击的敌人唤醒，他们自觉地下楼缴枪，一营很快就占领了市警察局。

营长命令投诚的警察打电话，叫各处警察到局里来投诚。很快就有零散的警察来缴枪。

一营顺利地解决了市警察局后，除留下警卫连准备迎战妄想过江逃跑的残敌外，还令二连在群众的帮助下，以排或班为单位占领各路上的要点，保证道路的畅通无阻，以接应后续部队前进。

其余部队三连、机枪连和侦察排则在营长的带领下，轻松地占领了国民党的"总统府"。

当一营的战士把鲜艳的五星红旗插上"总统府"的房顶时，师主力部队也进入了市区。

部队列队向西南转往中山路时，马路上灯火明亮，很多市民站在街旁，以热烈的掌声欢迎解放军进城。

广州市的广播电台这时也恢复了播音，一位女广播员用甜美的声音连续广播着：

市民们，国民党军队已溃败了，解放军也已进城，让我们以掌声和爆竹来欢迎大军。大家还要切实注意，防止坏人捣乱、破坏。

这声音在广州的上空飘荡，使部队的情绪异常高昂、振奋。战士们的胸膛挺得更高，步伐迈得更整齐了。

攻克广州城

爱群大厦升起五星红旗

三八二团能够顺利攻克广州城，除了有他们自身勇敢顽强、不怕牺牲的因素外，还与师主力和兄弟部队的密切配合不无关系。

1949 年 10 月 13 日，解放佛冈的战斗结束后，解放军第四十三军一二七师官兵发扬不畏艰苦、连续作战的优良作风，马不停蹄地赶往广州，准备参与解放广州的战斗。

这天傍晚，战士们经过花县，来到了离广州仅仅 10 公里的北郊小镇上。

此时，小镇上的敌人早已跑光了，师首长决定在此休息一夜后继续前进。

第二天一早，师首长在小镇上的一间小庙里，召集团、营级干部研究向市内进攻的行动路线。

他们决定进攻的第一个目标，是白云山西边一个无名小冈上的敌人据点。这个据点筑有连环地堡和交通壕。

从地形上来看，这个地方有利于防守，不利于进攻。山的那一边，是进入广州市区的登峰路。如果拔掉了这个据点，那么第二个目标就是越秀山东段地区；攻克越秀山东段地区后，便可顺利地进入广州市区。

研究了进攻路线后，各位指挥员又一同来到离市区两公里远的地方实地观察地形。

在这里，早已闻名的白云山，与他们遥遥相对。

这座山，虽然历经反动派的破坏摧残，但在蓝天的映衬下，仍很巍峨雄伟。指挥员们用望远镜可以清晰地看见在交通壕里走动的敌人。

看完地形回来，指挥员们又马上召集连、排长和班长开会，进行细致的战斗布置。他们根据排班的具体力量，最后确定由三八〇团一营三排担任主攻任务，二排为预备队，一排则从右边小山坡进行迂回袭击。

这天 18 时，战士们离开新市，开始按照白天确定的进攻路线前进。

刚走了不远，就听见从广州方向传来一声巨响，后来有消息传来说，是敌人把海珠桥炸毁了，他们想以此来阻挡解放军进城。

战士们听到这个消息后，加快了前进的步伐。不久，他们就接近了白云山敌人的据点，当他们抵达离敌人碉堡两百多米的地方时，敌人的碉堡里吐出了猛烈的火舌。

战士们迅速卧倒，进行还击。这时，所有的地堡都响起了枪声。猛烈的火力，阻挡了我军前进的步伐，但也将他们的火力点暴露无遗。

趁着敌人盲目瞎打的时候，三排的爆破手已匍匐到离敌只有百多米的地方了。

这时候，我军的轻机枪、重机枪等武器，一齐朝敌人射击，曳光弹也拖着长长的尾巴，直扑向敌人地堡的

攻克广州城

射击孔；爆破手的炸药包也投放到了预定的位置，随着一阵阵惊天动地的轰鸣，敌人的枪声哑了，三排战士也停止了射击。

这个在几秒钟前还枪声震耳的旷野，忽然变得一片寂静，停了一会儿，依然不见一点动静。

夜幕下，大家无法看清敌人的情形。三排长只好采取火力试探，他下令重机枪开火，打一阵点射，再停下来，可还是不见敌人有什么动静。敌人到底想要什么花样，令人一时捉摸不到。

就在这个时候，担任突击的第七班摸到了离敌人地堡20多米的地方。紧接着，七班班长大喊一声，抱起枪带领全班战士冲了过去，接着三排也冲了过去。

战士们冲进地堡，居然没有发现一个人影。他们又在地堡附近搜索了一遍，还是不见人影。

原来敌人稍稍抵抗了一会，就翻过小坡，沿登峰路逃入了广州市区。

三排战士们打扫完战场，即按照原来部署的路线，向越秀山挺进。

副连长带着三个排，以三排在前，二排在中，一排在后的队形搜索前进。在迷蒙的黑夜里，战士们快速地穿过两个村庄，越过铁路，逼近越秀山。

夜色中，越秀山山顶上的中山纪念碑隐约可见。当三排进抵越秀公园北秀湖的时候，突然从镇东路旁灌木林中射出了一排排的子弹，火力相当猛烈。

原来是潜伏在这里阻击解放军的国民党部队。

三排战士迅速就地还击，二排的机枪也快速向敌人开火。

这股敌人相当顽强，子弹"嗖嗖"地从战士们头顶飞过。三排战士见强攻一时难以奏效，就集体向敌人喊话，想以政治攻势瓦解敌人。可敌人不仅不听，反而加重了向三排射击的火力。

三排长决定消灭这伙敌人。他下令炮排向敌人开炮轰击。随着"轰轰"一阵炮击，敌人的火力被打哑了。战士们立即冲上去，活捉了剩下的敌人。

攻占越秀山后，三八〇团把从越秀山镇东路抓到的俘虏，交给了"打扫战场"的三七七团，他们则继续向广州市中心挺进。

当战士们沿盘福路进到前方医院时，再次遭到了敌人的阻击。

经过一阵射击之后，一营八班的战士们冲到敌人跟前喊话说："解放军优待俘虏，缴枪不杀！"

这股敌人听到喊话后，除了几个人跳楼逃跑外，其余的都举起手出来投降了。

在九路路口，战士们又与国民党保安团的一个排交上了手。经过激战，保安团的人也都成了俘虏。

为了减轻拖累，利于机动巷战，三八〇团战士们再次将俘虏押交给了三七七团。

走过光复南路，战士们折进太平南路，接着又转入

攻克广州城

西堤二马路。这时，黄沙方面的战斗也非常激烈。

西堤二马路两旁都是破破烂烂的，没一间像样的房屋。当战士们走到西堤二马路的一条小巷口时，又遭到一股顽敌的阻击。

敌人盘踞在破废的大新公司二楼，居高临下，妄图阻击我军。我军的机枪手立即还击，一阵点射，子弹打在二楼的混凝土柱头上，迸出点点火花。

这群敌人在三八〇团强大的火力攻击下，不久就缴械投降了。

来到西堤二马路，三八〇团一营的战士们兵分两路向沙面东桥附近逼近：二排长带领二排直出六二三路转东桥；副连长和三排长领三排从兴隆路穿出去，然后顺西堤拐到东桥。

始终担任突击任务的三排第七班摸出兴隆路口时，发现在沙基惨案纪念碑附近有一座碉堡。他们用火力试探了一下，没有遭到还击，便紧靠着墙根，准备跃向桥头。

但他们刚一行动，从沙面珠江路 2 号、4 号楼却射过来一排排密集的子弹。

敌人用的都是自动武器，火力非常猛烈。一营的战士们被打得抬不起头来，这是他们进入广州后遭到的最猛烈的一次袭击。

战士们被压制在西堤、沙基正中的巷口。

敌人的疯狂进攻，激起了三排战士们的满腔怒火，就在他们准备出击的时候，二排在西堤二马路口先朝敌人开了火。

在这一瞬间，三排的几个狙击手，一跃跃到了六二三路2号楼门前，倚着楼柱扣下扳机，朝敌人射出了复仇的子弹。

敌人被打得抬不起头了，三排战士相继跃到桥头，靠桥头死角的遮掩，站稳了脚跟。

为了尽快攻入沙面地区，一营长决定改变战斗计划，由二排的战士从六二三路背后小巷跑步直奔西桥。

二排走后，三排和一排加强了向敌人的进攻。敌人在我军强大火力的攻击下，顶不住了，他们沿复兴路向沙面中心退去。

战士们在机枪的掩护下，爬上一道挡住去路的铁栅，用铁镐打开栅锁，拉开铁栅，冲进沙面，沿着复兴路继续追击敌人。

在三排和一排攻打东桥的时候，二排从调源下街冲了出来，用火力打退了潜伏在肇和路55号向我军阻击的敌人，打开了西桥上的铁栅，也冲进了沙面。

此时，沙面的敌人，已被三排和一排压进了复兴路的台湾银行。但敌人仍不肯投降，他们倚着窗口企图做垂死挣扎。

二排从西桥冲进后，便和三排、一排合在一起，包围了台湾银行。他们一边用火力压制敌人，一边从四围向敌人喊话。

攻克广州城

与此同时，在黄沙车站方面也传来了阵阵枪声。这里的敌人还指望着在黄沙的敌人能来解救他们。他们哪里知道，我三八二团的战士们正将那里的敌人一点点消灭。随着黄沙方向的枪声渐渐平静下来，躲在台湾银行的敌人知道再也没有希望了，只好举起了双手……

黎明的时候，广州市区内的枪声渐渐地平息了，广州市也迎来了它新的一天。

广州解放了！

15日清晨，阳光灿烂，晴空万里，广州市最高的建筑物——爱群大厦的顶层，升起了一面五星红旗。鲜艳的红旗在阳光下欣然飘舞。它向全广州的人民宣告：旧的广州在昨日夜间死亡了，新的属于人民的广州从此正式诞生了！

四、 跟踪歼灭残敌

● 秦基伟报告说："我们就不进广州了，乘胜实施追击。"

● 毛泽东："广州敌逃跑方向不是向正西入广西，就是向西南入海南岛，我四兵团似应乘胜追击。"

● 敌人企图从海上逃走，结果除少数被歼灭外，有数千人则因抢登渡船，竟被挤落海中溺水而死，其状惨不忍睹。

毛泽东指示乘胜追击

广州解放后，余汉谋集团除部分乘船从珠江口逃跑外，其余的第六十三、一〇九军逃往粤桂边境，第二十一兵团及第四兵团一部和第三十九军、六十二军残部则向粤西南的阳江、阳春地区逃窜。

这些败军均已逃出距解放军追击部队约 100 公里以外的地方。

为了彻底歼灭广州的敌人，毛泽东早在 10 月 12 日就发出指示：

> 如查明广州敌人向广西逃跑，陈赓兵团即不停留地跟踪入桂。

当第十五兵团攻进广州时，有陈赓的第四兵团所属秦基伟部第十五军第四十五师先头部队已进至广州西北官窑地区，有李成芳部的第十四军由清远乘船顺北江向三水疾进，还有周希汉部的第十三军则沿北江南下向高要地区挺进。

10 月 14 日，十五军军长秦基伟报告说：

> 我四十五师先头部队接近广州市郊后，查

明广州守敌已经逃窜，但去向不明。那我们就不进广州了，乘胜实施追击。

陈赓当即命令秦基伟：

> 我们决定不进广州。命令四十五师急行军直插佛山，进行火力侦察。如发现弃城逃跑的敌人，就坚决截住，待主力部队到达后围歼；如果敌人已越过佛山，四十五师就尾追敌人。

陈赓判断，余汉谋部由于船只不足，其主力不会向珠江口逃跑。可逃的路只有两条：一是越佛山、开平，循海滨向雷州半岛逃窜，先控制雷州半岛，尔后策应白崇禧主力由雷州半岛逃向海南岛；另一条路就是经三水、高要向广西逃跑。

据此判断，陈赓令部队加速前进：第十五军第四十五师直插佛山，第十四军向英德兼程前进，占领三水、四会、高要，第十三军加速向高要前进。

同时，陈赓、郭天民、刘志坚于15日致电中央军委和林彪、邓子恢：

> 广州敌已向南及西南撤退。我左路军昨（14日）19时30分进广州。为避免混乱，右路军（第四兵团）不进广州市，继续向南及西南

追击。

林彪考虑到第四兵团与逃跑的余汉谋集团距离较远，如第四兵团追赶不上，反而有促成该敌逃窜广西与白崇禧集团集中的可能，即于同日致电第四兵团首长，并告第十五兵团、华南分局领导人，并报中央军委及二野首长：

如你们已追不上敌人，则望停止追击。关于广西作战须作整个的部署与配合，然后再统一行动。

17日，毛泽东以个人名义发来电报。
电文如下：

林彪同志并告叶剑英、陈赓：

广州敌逃跑方向不是向正西入广西，就是向西南入海南岛，我四兵团似应乘胜追击，直至占高要、德庆、封川、高明、新兴、云浮、郁南、罗定等县，必要时并占领梧州，然后停下来休整待命，听候你的统一部署入桂作战。因为占领上述诸县，一则可能歼灭逃敌一部或大部，使十五兵团易于攻取海南岛，消灭残敌，平定全粤；二则即是对于入桂作战完成了部队的展开。是否可以这样做，请按情况酌定。

> 毛泽东
>
> 10 月 17 日

林彪接到毛泽东的电报后，于 18 日 12 时致电叶剑英、陈赓并报毛泽东：

> 四兵团行动，盼按照毛主席 17 日电执行。如能追上敌人，则继续猛追歼敌；如确实已无追上可能时，则可勿追击，以免粤敌主力尔后易退南宁与云南（粤敌一部会返海南岛）。只要我军在东面不过早逼退敌人，则我北路程子华两个军可绕过桂林、柳州，直插果德、南宁之线，使两广之敌不易退云南以至四川。

15 日早上，第十五军第四十五师进占佛山。

李成芳率第十四军先头第四十师从英德乘船顺江而下，进占三水县城西南镇，追上了敌人第三十九军第一○三师。

三水，位于西江、北江的汇合处，是控制西江、北江的咽喉。在粤赣铁路断绝之后，三水即成为最重要的交通枢纽。控制了三水，就切断了敌人西撤的退路。

国民党第三十九军系全副美械装备，在余汉谋集团中是最有战斗力的。

跟踪歼灭残敌

为了保存该军，余汉谋特意让该军提早撤退。军部于 10 月 9 日通过三水一线，留下第一〇三师为后卫，掩护主力撤退。

第三十九军在粤北驻防时，中共地下党组织就对该军第一〇三师进行过争取工作。当解放军大军压境时，该师师长曾三元、副师长陈一匡、参谋长牟龙光等军官即率部 4000 余人投诚。

在第一〇三师的影响下，第三十九军九十一师 2700 余人，在师长刘体仁率领下，亦于 17 日在鹤山向解放军粤中纵队投诚。

同日，第三十九军第一四七师第四十四团，在高明县松柏坑被全歼，团长以下 1000 余人被俘。

陈赓部署追歼逃敌任务

17日，陈赓率第四兵团指挥所由南雄进抵曲江。

此时，已完全获悉余汉谋部的窜逃方向：其第二十一兵团由佛山向阳江撤退，第四兵团由高要向阳春撤退，第三十九军经高明向阳江撤退，第六十三军沿西江向粤桂边撤退。

根据当时敌人的态势，陈赓司令认为：追歼上述逃敌，战役方向与向西入桂之战略方向基本一致，可为下一步入桂作战和解放全广东创造有利条件。

敌人虽然已经逃出100多公里之外，但系退却之敌，极端混乱，我军有可能追上敌人，乃决心以先头6个师，分兵三路追歼逃敌。

陈赓拟出具体部署如下：

> 以十四军第四十师之第一二〇团和第四十二师之第一二五团为右集团，由高要渡西江，经腰古圩向新兴、阳春方向追击；以十四军四十一师（欠第十二军三团）附第四十师之第一一八团为中集团，由西南镇、高明地区出发，抢占新兴，切断高要之敌向南的逃路，尔后视情况经天堂圩向阳春进击；以十五军第四十三、

第四十四师为左集团，由西南镇出发，经鹤山、单水口向阳江方向追击；以十三军第三十八师为第二梯队，由三水经高要向新兴、阳春方向前进。

各部队接到命令后，迅即向指定方向前进。为了争取时间，各部采取了边行动、边传达上级指示、边部署、边动员的方式，日夜兼程地前进。

至10月20日，我右集团进抵新兴以北之腰古圩，歼灭敌广州绥署保安第三纵队，俘敌纵队司令以下1000余人；中集团进至新兴东南地区，歼敌第六十三军一部，俘敌1000余人。

当日晚，陈赓从敌人的无线电话里监听到敌第二十一兵团司令刘安琪与台湾方面的通话，同时接到李成芳的敌情通报，获悉撤逃的敌第二十一兵团等部尚停留于开平、恩平地区，即令中集团、左集团向阳江疾进，力求将其围歼于阳江、阳春地区，令右集团从新兴直出阳春，尔后折向阳江，协同中集团、左集团作战。

21日，中集团第四十一师进至恩平东北的圣堂圩，左集团第四十三、四十四师进至开平，均与余汉谋部的后卫部队接战。

22日，陈赓命令各部队坚决将国民党军歼灭于阳江、阳春地区，命令右集团部队由阳春取捷径直出程村圩，并在该地占领阵地，迎头拦击包围国民党军。

23 日，右集团部队解放阳春县城后，即以一部乘船顺漠阳江向阳江疾进。

此时余汉谋集团已处于混乱状态，各部建制混乱，士兵无心恋战。继第三十九军两个师投诚后，23 日，广东保安第三师 2000 多人在恩平县城东南郊投诚，暂编第二纵队 3000 余人在江门投诚，保安第四师 2000 余人在台山县挪扶镇投诚。

当日晚，右集团第四十二师第一二五团和第四十师第一二〇团进至阳江西北 15 公里处的双捷圩时，得知刘安琪率敌第二十一兵团和第三十九军残部当夜宿于阳江以西白沙圩地区，准备于次日晨沿阳江至电白公路西逃的情报，即连夜以第一二五团插至白沙圩以西的阳江至电白公路北侧，占据有利地形；以第一二〇团插至海岸边的旱禾庙，将漠阳江沿线全部控制，完全封闭了国民党军西逃雷州半岛的陆上道路。

24 日，左集团部队攻占阳江县城及漠阳江口的北津港，切断了余汉谋集团往海上逃跑的通道。中集团进抵合山圩，并继续向阳江压缩。担负预备队任务的第三十八师也进至阳春以南地区。

至此，第四兵团经过八昼夜连续不间断地追击，终于将刘安琪的第二十一兵团部及第二十三、七十、三十九、五十、六十二军等残部包围于阳江西南白沙圩至平冈圩东西 5 公里、南北 10 公里的狭小地域内。

刘安琪发现被包围，即一面组织向西突围，一面要

跟踪歼灭残敌

求余汉谋派军舰至海南岛，企图从海上撤退。

24 日，刘安琪多次组织突围，均未成功。

25 日晨，刘安琪集中第五十军 3 个师，在猛烈炮火的掩护下，向阳江以西方向突围，被已进至程村圩至大岗坑一线的我军第四十二师第一二五团堵住了逃路。第一二五团与优势之敌激战一整天，打退了敌人 6 次进攻，顽强地守住了阵地。

当日下午，刘安琪见多次向西突围不成，即令第五十军等部转而向南移动，企图沿海滨向西突围，又遭到解放军的迅速封锁阻击。

第四十师第一二〇团由旱禾庙向平冈圩追击，先后俘敌近 2000 人。

与此同时，左集团强渡漠阳江后向平冈圩以南推进，第三十八师第一一二团沿岗头、廉村直插九羌埠，一面攻取海岸要点，一面以炮火封锁海面，打破了刘安琪向南突围、准备从海上逃跑的企图。

刘安琪见大势已去，抛下部队不管，仓皇登船逃跑。到晚上，敌第五十军军长胡家骐也登船溜走了。

26 日一早，第四兵团各部对被围之敌发起总攻。十多支突击部队从各个方向，向敌人阵地发动了进攻。守敌失去指挥，军无斗志，纷纷请降，以留下一条生路。也有近万人向平冈圩以南逃跑，企图从海上逃走。结果除少数被歼灭外，有数千人则因抢登渡船，竟被挤落海中溺水而死，其状惨不忍睹。

当日，两阳地区围歼战胜利结束。我军歼灭了余汉谋部第五十军、第三十九军（欠一个团）、广东保安第二师全部，第十三兵团部、第二十一兵团部及第六十二军、第六十三军、第一〇九军、第三十二军、第二十三军、第七十军、广东保安第三、第四、第五师、西江指挥所和第三纵队等4万余人，解放了三水、四会、高要、高明、新会、南海、台山、开平、新兴、鹤山、恩平、阳春、阳江13座县城。

跟踪歼灭残敌

广东作战以大围歼结束

1949 年 10 月 17 日，两阳围歼战胜利结束的第二天，林彪等四野首长致电陈赓、郭天民、刘志坚，嘉奖第四兵团全体指战员。

电文如下：

> 庆祝你们全部歼灭由广州向西南逃窜之敌主力的伟大胜利。这一胜利对于解放琼崖和解放广西均有重大意义。对于你们坚决执行毛主席指示的精神，连续十昼夜穷追猛打的精神，特予表扬。

在两阳围歼战期间，第十五军第四十五师在粤中纵队配合下，于 10 月 22 日解放江门。

国民党军第四巡防联合舰队 11 艘舰艇 500 余人，于 25 日在江门以南海面起义。

位于潮安、汕头地区的胡琏兵团，见广州失守，余汉谋主力被围，就马上将他的第十八、十九军撤至金门、台湾。

10 月 24 日，闽粤赣边纵队解放汕头。

至此，除南澳岛外，潮汕地区全部解放。

两阳地区围歼战结束后，毛泽东于10月31日致电林彪，并告邓子恢、叶剑英、陈赓及刘伯承、邓小平。电文如下：

林彪同志，并告子恢，剑英，陈赓及刘邓：

　　关于兵力部署的几点意见：（一）我们已占领广州及广东的大部，广州、香港、澳门之间的海上残敌尚未肃清，陈赓兵团即将入桂作战，内外敌人可能窥伺广州。白崇禧匪部如被程子华、陈赓切断逃往云南、安南的道路，有东窜入粤可能。因此在广西问题彻底解决以前，邓华兵团（两个军）必须全力镇守广州（主力）、韶州（一部）之线，不要进攻雷州半岛，更不要攻海南岛。华南分局决定邓华兵团迅速离开广州南进的计划是不妥当的。必须等候广西问题解决以后，从广西调出四野一个至两个军到广州、韶州线，邓华兵团方能南进。（二）全国国防重点是以天津、上海、广州三点为中心的三个区域。二野入云、贵、川、康后，三野只能防守华东，置重点于沪、杭、宁区域，以有力一部准备取台湾，没有余力兼顾华北。现在华北只有杨成武三个军及其他六个二等师位于京、津、山海关一线，一旦有事，颇感兵力不足。除令一野以杨得志兵团（三个军十万人）

跟踪歼灭残敌

位于宝鸡、天水、平凉区域，有事可随时调动外，四野在广西问题解决后，拟以五个军位于两广，担任广州为中心之两广国防；以三个军位于河南，准备随时增援华北；其余各军，位于湘鄂赣三省并以主力位于铁道线上，可以向南北机动。在目前三个月至五个月内，四野除完成各省剿匪任务外，如能做到，甲、解决广西问题，乙、修通粤汉、湘桂两路（这是极重要的），丙、利用铁路运输完成上述国防部署，就是完美无缺的。请你们十分注意粤汉、湘桂两路的修复和守备。（三）陈赓、程子华须同时向柳州、南宁动作，方能完成围歼白匪任务。现敌鲁道源兵团似正准备由桂林以南转入柳州地区，估计是准备去云南的。而我陈赓部刚才解决粤敌，须休息若干天方能行动。程陈两部何时可以开始入桂作战，望告。（四）据有经验者称：由百色入云南的道路上瘴气（恶性疟疾）为害，不利行军。因此，陈赓部在解决广西问题后应准备循柳州、贵阳道路入滇，不一定走百色。（五）你们意见如何望告。

毛泽东

十月三十一日

根据毛泽东的兵力部署意见，第十五兵团于 11 月 2

日拟出以下部署：

> 第四十三军第一二九师和两广纵队进至珠
> 江三角洲；第一二八师进至曲江、乐昌一线；
> 第一二七师进至从化、花县、英德、清远一线，
> 分别肃清余汉谋残部。第四十四军第一三〇师
> 一部任虎门警备，主力进至广九铁路两侧及增
> 城地区；第一三一师主力进至广州至顺德一线，
> 肃清余汉谋残部；军部及其余部队卫戍广州市。

至 11 月 4 日，第十五兵团和两广纵队又歼灭余汉谋
残部近 4000 人。

第四兵团第十三军继续向粤桂边挺进。

至 11 月 4 日，该兵团先后解放云浮、罗定、茂名、
信宜、廉江、化县等县城，歼敌第四兵团及第六十三军
等残部 4000 余人，封闭了白崇禧集团向雷州半岛和海南
岛撤退的道路。

广东战役从 10 月 2 日开始至 11 月 4 日结束，历时 34
天，共歼灭余汉谋集团 6.2 万余人，其中俘虏 4.2 万余
人，将官 17 人，解放县城 38 座。

广东作战，以勇猛的进击、追击开始，以大围歼结
束，是我中国人民解放军执行毛泽东大迂回、大包围、
大歼灭作战计划的第一个伟大胜利。

在作战中，各部指战员接受了毛泽东大迂回、大包

跟踪歼灭残敌

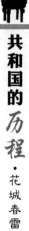

围、大歼灭的作战思想，又受到了毛泽东乘胜追击的指示鼓舞，因而能够克服一切困难，顽强地进行了连续数十天的作战，终于歼灭敌余汉谋集团的主力。

这个胜利，不仅摧毁了国民党匪帮残酷压榨华南人民借以苟延残喘的海滨巢穴，关死了美帝国主义从海上援助国民党残匪的一条通路，歼灭了余汉谋集团的主力，而且完成了对白崇禧集团东南面的包围，对于解放海南岛和解放广西都有重大的意义。

五、 抓捕敌特残余

● 叶剑英强调："敌人企图使我们陷入困境，我们必须和他们作斗争，决不心慈手软！"

● 会场外，五步一岗，十步一哨，全副武装的解放军士兵，把整个大饭堂严密包围起来，大榕树下还架起了轻机枪。

● 从此以后，广州的社会治安进一步好转，国民党保密局的特务们再也不敢轻易进入广州了。

叶剑英签发第一号布告

1949年10月19日，也就是广州解放的第五天，中央人民政府任命叶剑英为广东省人民政府主席兼广州市市长。

3天后，叶剑英与方方及负责留驻广东的第十五兵团负责人，进抵广州市，随即组建政权，开展工作。

按照赣州会议的决定，广州解放后，第四十四军负责广州的警备，其所属第一三二师为广州的警备师。以叶剑英兼主任的广州市军事管制委员会及所属治安委员会和以邓华为司令员的广州警备司令部相继成立。

几天之内，进城部队对全市银行、监狱、电台、机场、车站、码头等所有重要目标以及关系人民生产和生活的电厂、水厂等实行了军事管制，对治安情况混乱的街区实行戒严、临时宵禁和突击搜查。进城部队根据有关线索，收容国民党的散兵游勇及伤残人员，令其交出暗藏武器和停止作乱等。

10月下旬，广州市治安委员会召开会议，针对匪特活动的特点，作出如下决定：

广泛发动群众，由人民政府组织5200多人的市民纠察队，由市总工会组织800人的工人纠察队，由共青团市委组织250人的青年纠察队，配合警备部队实施日夜巡逻。

把公开的武装巡逻与秘密的便衣武装巡逻穿插进行，不让匪特分子摸着巡逻规律。

不定期地组织搜捕，对可疑人员实施突击检查。

收缴枪支，安置乞丐难民，收容遣送散兵游勇，防止他们流落为匪。

广泛宣传政策，对首恶分子必须严惩，对登记自新人员予以宽大处理。

当广州市治安委员会把这些意见向叶剑英等领导人汇报后，叶剑英强调：敌人企图使我们陷入困境，我们必须和他们作斗争，决不心慈手软！

随后，叶剑英签发了"中国人民解放军广州市军事管制委员会"军字第一号布告：

广州市及其近郊国民党匪军业已肃清，为保障人民的生命财产，维护社会安宁，确立革命秩序，特令在广州市原辖区内实行军事管制，成立广州市军事管制委员会为该市军管时期最高权力机关，统一军事政治经济文化等管制事宜，并任命叶剑英、方方、邓华、赖传珠、肖向荣、洪学智、曾生、林平、朱光、李章达、

吴奇伟、张录村等为军管会委员，叶剑英为主任，赖传珠为副主任。本会遵令于即日正式成立到职视事，仰我军民一体知照。

主任叶剑英

副主任赖传珠

1949 年 10 月 21 日

一时间，大街小巷，贴满了广州市警备司令部、政治部的布告，使得那些怀有侥幸之心的暗藏敌特分子胆战心惊。

10 月 26 日，邓华、赖传珠等以中国人民解放军广州警备部队的名义，发布了关于建立革命秩序，确保全市人民安宁的布告：

一、本部当遵行中国人民解放军总部之约法八章，保障本市人民的生命财产，务望全市人民各安生业，严守中华人民共和国各级政府与中国人民解放军所颁发之一切法令。

二、一切反共、反人民、反民主的党派团体（例如中国国民党，中国三民主义青年团，中国青年党，中国民主社会党等）均为非法反动组织，着自即日起一律解散，并停止一切活动，所有各级组织的人员均须依照本市军管会及人民政府颁布之办法，进行登记。交出一切证件、档案、武器、电台、组织关系，倘有拒绝登记或继续活动者，一经查获，严惩不贷。

三、一切残余匪军，散兵游勇，特务武装，着即自动向本市公安局或就近驻军，缴械投诚，本军当即宽大处理，倘有潜伏不报滋扰生事者，定予严惩。

四、所有国民党政府的文武官吏、党政人员的枪支，无论曾否领得国民党伪政府所发给之枪照，均须一律向本部或人民政府交出，无论任何人均不得私藏武器弹药，及其他军用物品，违者法办。

五、本市所有公私无线电台，及无线电话，除经军管会批准使用者外，其余一律停止通报通话，并立即向本部登记。

六、严禁破坏工厂、仓库、机关、学校及一切公共建筑、交通设备，及抢劫、偷盗、放火、危害、造谣等行为，凡破坏国家财产，扰乱社会秩序者，定予严惩。

七、任何人不得隐匿包庇与我军有敌对行为之人犯，及一切暗藏的破坏分子，如发现此类分子须立即自动向本部及公安局报告，报告者受奖，隐匿者法办。

八、各国侨民必须遵守我中华人民共和国

抓捕敌特残余

各级人民政府及中国人民解放军的一切法令，违者应受中华人民共和国各级人民政府及中国人民解放军之法律制裁。

九、本市自即日起，实行夜间戒严。每日夜晚自 11 时起至次日 6 时止，为戒严时间，在戒严时间内，没有特别通行证者不许通行。

十、我军政人员，均须严格遵守军管会及人民政府的法令，遵守我军三大纪律、八项注意，及入城各项守则，并受本部所属警备部队之约束，违者以纪律制裁。

这些颇具震慑力的布告，既使匪特分子坐立不安，又受到广大市民的衷心拥护。

一些愿意悔过自新、与广州人民一起迈进新时代的反动党团、军警特人员纷纷主动到警备司令部和公安部门自新登记，场面十分踊跃。

警备司令部的"智取"行动

刚刚解放的广州，虽然有一些反动军警前来进行自新登记，但整个城区的形势依然十分严峻。

国民党反动派潜伏下来的一些特务分子假借各种名义，组织各种非法团体进行破坏。一时间，挂着各种牌子、打着各种旗号的一大批社会组织和所谓的"接收小组"遍布街头。有的组织公然以共产党的名义进行活动；有的假借接收，对商人、企业和群众进行敲诈、勒索，破坏共产党的威信；有的公开组织武装，收缴枪支，收容散兵游勇和当地地痞流氓从事破坏；有的打出广州地下党的招牌和两广纵队的旗号，或以琼崖纵队的名义，甚至以中共华南分局的名义进行招摇撞骗。

为了尽快恢复广州正常的工作、生活秩序，中共中央任命朱光为广州市副市长，即刻上任，以协助叶剑英搞好广州的治安保卫工作。

1949 年 10 月 14 日，在解放军警卫排的护送下，身材高大的朱光率领一队人马，从沙河进入广州。

朱光，原名朱光琛，广西博白松旺人。他参加过广州起义和二万五千里长征。抗战时期，他曾任八路军总司令部秘书长，曾经协助朱德指挥作战。

朱光接管大城市的经验来自 1947 年后，他先后担任

抓捕敌特残余

过齐齐哈尔市委书记、东北局城市工作部秘书长和长春市市委书记等职。

当他奉调广州之后，毛泽东曾亲笔为他题词：

　　到南方去，同原在南方工作的同志团结在一起，将南方的工作做好，这是我的希望。

朱光副市长和警备司令部首长反复研究了敌情，觉得广州的那些打着各种旗号的社会组织大都来历不明，其中可能有进步人士，但大部分人是搞政治投机，或企图浑水摸鱼，或想盗窃国家资财，或是想中饱私囊的不法分子。

更为危险的是还有不少特务分子潜入到这些组织中，把持操纵，进行破坏活动，损害共产党和人民解放军的声誉。因此，必须及时对这些组织作出处理，以正视听。

但这类组织数量大，人数多，如待一一甄别之后再来处理，必然费时过长，会影响城市的安定。

经请示中共中央华南分局后，叶剑英、朱光决定采取"先取缔，后甄别"的办法予以解决。

在未查清其面目之前，先对各组织的主要头目进行软禁和拘留审查。

为了不使这些社会组织觉察，尽量保持社会平稳，达到出其不意、静中处理的效果，警备司令部制定了一个"智取"的方案。

他们的方案是，借警备司令部成立之机，以"警司"的名义向各组织发出请柬，邀请这些组织的主要负责人到警备司令部聚谈。

警备司令部参谋长黄忠诚负责警备部队的布控和防止可能发生的反抗和骚乱。

10 月 21 日晚，警备司令部门前灯火辉煌，一派喜庆的景象。

接到请柬的各社会组织头目，有的穿西装，有的穿唐装，有的戴鸭舌帽，有的戴毡帽，陆陆续续来到警备司令部。

然而他们一进会场，就立即觉得气氛不对。会场内布满了佩带短枪的解放军警卫，而且全是身材魁梧的北方大汉。他们机警地监视着每个角落。

会场外，五步一岗，十步一哨，全副武装的解放军士兵，把整个大饭堂严密包围起来，大榕树下还架起了轻机枪。

这些平时吆五喝六、作威作福的头头脑脑们，一见这场面，都大惊失色，一个个低头不语，腰一下子弯了下去。

这时，警备司令部政委吴富善走到讲台中央，大声宣读警备司令部、政治部的布告，他严肃地说："广州已经解放，全市人民应该积极起来，协助军管会和人民解放军进行接管工作，维持治安。但一切工作均应经过军管会和警备司令部，绝对不能自立名目，不能擅自主张

抓捕敌特残余

和目无纪律。"

为了起到震慑作用，吴政委故意长时间不说话，目光紧盯着那些闷头闷脑的家伙。

那些人几乎完全蔫了，会场内鸦雀无声。

吴政委突然提高声音，大声宣布：

> 据查，到会的各类组织，均未向警备司令部登记，亦不合军管会原则，尤其有人假冒中共华南分局名义，更是破坏我党的政治形象。鉴于此，你们都是非法组织。现在，警备司令部命令你们，必须立即解散，停止一切活动，并将经手及接管的财产全部移交给警备司令部。除少数特务匪徒，应予调查处理外，大部分被骗、盲从及投机分子，均宽大处理，不加深究，请勿惊疑。

在会场上响起了一阵轻微的议论声，有人想转身离去。而四周的警卫战士立即把手按在枪柄上，有的战士已经把枪拔出来了。

那些人早已吓得魂飞魄散，哪里还敢有半点违抗隐瞒，只恨不得把口袋里的东西，一股脑儿掏出来上缴。

接着，解放军在他们的带领下，到各个窝点进行搜查，收缴了600多支私藏的枪械，并将800多名人员集中起来，一一审查甄别。

警备司令部规定，普通人员教育后释放，首恶分子则要受到制裁。

第二天，警备司令部关于取缔各类非法组织的通告贴满了全城。在中共华南分局的领导下，这一复杂问题迅速得到了解决，广州局势于是牢牢地控制在人民的手中了。

这次无声的战役，大大打击了不法分子的嚣张气焰，大长了平民百姓的志气，使广州市的市面上一下子平静了许多。

抓捕敌特残余

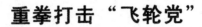

重拳打击"飞轮党"

1949 年底至 1950 年初，省公安厅、广州市公安局又联手展开打击专门在粤汉铁路南段、广九铁路上扒窃列车货物、抢劫旅客财物、勒索行商的土匪武装团伙"飞轮党"，刹住了广东境内流散匪徒的威风。

"飞轮党"是由一群特务、惯匪、流氓组成的乌合之众，他们专以暴力手段在铁路交通线上从事劫掠、勒索、危害人民利益的活动。

因为"飞轮党"的党徒来自不同的地方，他们所熟悉的地区与依附的恶势力各有不同，所以，他们的活动手段和活动范围也各不相同。

在粤汉铁路曲江站以北活动的属于"青帮"，曲江站以南及广九铁路所活动的属于"洪帮"。而"洪帮"的活动范围又有原则上的划分，粤汉铁路曲江至英德段的首领为军统特务何志刚，其手下掌握党徒 20 余人；连江口至源潭段为潜江恶霸欧吉元及匪警探徐飞，他手下也掌握 20 余人；源潭至广州南站为惯匪黄秋才、梁公泽及军统特务刘扬，其手下掌握党徒 50 余人。

在广州解放前夕，这些"飞轮党"匪徒接受国民党特务部门的指示进行潜伏活动，由黄秋才、梁公泽统一领导。

"飞轮党"作奸犯科、危害人民十多年，其活动方式多种多样。他们与特务匪徒勾结，无恶不作，由暗中扒窃到公开敲诈，由恃强威吓到残暴殴辱，粤汉、广九路乘客中的受害者不可胜数。人们把"飞轮党"视为洪水猛兽，闻者惊心，见者动魄。

"飞轮党"所以使广大人民深恶痛绝，是因为这些匪徒一贯使用强暴手段危害人民切身利益。

广州解放初期，"飞轮党"匪帮因为有统一的领导，同时受美蒋特务指使，便肆无忌惮地破坏我城乡物资交流，扰乱革命秩序。他们乘我群众基础未巩固之际，公开活动，除了运用"强取豪夺"的手段外，还先后于1950年初由匪首黄秋才、梁公泽率领匪徒40余人暗藏枪械利刃等凶器乔装乘客，趁火车由广州南站开出之机，在近郊荔枝湾附近4次劫掠车厢内乘客的财物，并明目张胆地在中央公园分赃。

1950年夏，匪首欧吉元派遣徐飞，率领匪徒30余人在清远至银盏坳公路上设卡收费，而欧匪则混入我铁路某公安机关刺探我方情报，企图扩展其反革命活动。

为了剿灭这股匪徒，广州市警备部队抽调侦察连配合公安机关对"飞轮党"采取行动，代号为"打虎行动"。

"打虎行动"指挥部经过反复研究，决定深入虎穴，将这些匪徒一网打尽。指挥部把化装侦察的任务交给了广州籍的张排长。张排长带领几名战士，打扮成流氓阿飞的样子，在火车站和铁路沿线活动，以掌握"飞轮党"的蛛丝马迹，并力图在"飞轮党"的外围势力中安插一

抓捕敌特残余

名"卧底",从而将"飞轮党"的情况弄清楚。

经过两天的跟踪侦察,张排长发现了一个"飞轮党"徒在火车站的货运站转悠,就盯了上去。

此人绰号叫"沙皮狗",身材矮小,却狗仗人势,今天在小铺里拿一瓶酒,明天在小贩手上抢走一盒烟,对方稍有不满就抡拳头,吹胡子瞪眼。因此,大家只要看到他,都唯恐避之不及。

张排长了解情况后,决定将计就计,引蛇出洞。

天近傍晚,"沙皮狗"照例踱着四方步,叼着香烟来到货运站旁边的摊档上,娴熟地拿起一包烟揣进口袋里,又顺手拿过一个大苹果咬了一口。

这时,一个衣着褴褛的大汉像喝醉酒似的踉踉跄跄走过来,一头撞到"沙皮狗"的怀里,把他撞了个四脚朝天。

平日欺行霸市惯了的"沙皮狗"哪会吃这眼前亏,他爬了起来,把嘴里的苹果渣"哈哧"一声吐到大汉脸上,破口大骂。

大汉猛地扑过去,像老鹰叼小鸡似的把"沙皮狗"提起来,在空中旋了几圈。正当大汉欲将"沙皮狗"往地上扔之际,他的脚下像被什么重重地绊了一下,两个人狠狠地摔了一跤。

大汉躺在地上,痛得呀呀直叫。

一个人迅速将"沙皮狗"扶起来,小声道:"快跑,这人是个武疯子,他爬起来就会把你剁碎。"

"沙皮狗"没多想就跟着这人跑起来。

跑了好一会儿，两人累了，那人买了两瓶冰镇的"橙汁汽水"，递给"沙皮狗"一瓶，说："哥记，胜行？"

"食大茶饭的。"

"大佬是谁？"

"说出来也不怕吓着你。大佬是人称'飞车大王'的梁公泽，行走江湖几十年了。"

"哥记，我一眼看你，就不是凡夫俗子。跟这样的大佬有前途哇！"

"哪里哪里，刚才你那一下子，我就知道你食过夜粥。怎么样，过来做兄弟吧。"

"好啊，哥记能看中我，那就恭敬不如从命。"

这人正是侦察能手张排长。

凭着张排长灵活的头脑和敏捷的身手，不出三天，他就和"飞轮党"的一些成员混得称兄道弟，"同捞同煲"，而关于"飞轮党"的情况也被他摸了个一清二楚。

一天清晨，"飞轮党"匪徒们还在蒙头大睡，解放军和公安人员犹如天降神兵，梁公泽、黄秋才等"飞轮党"头目被当场抓获，军统特务刘扬也在行动中被击毙。

不可一世的"飞轮党"顷刻之间就土崩瓦解，这个久治不愈的毒瘤终于被彻底割掉了。

"飞轮党"的清除，使匪徒在光天化日之下进行抢劫的罪恶行径终于得到遏制，广州市的治安一下子好了许多。

抓捕敌特残余

一网打尽特务暗杀小组

1950 年春，全国的"镇反"运动在中共中央发出《关于严厉镇压反革命分子活动》的指示之后，逐渐进入了高潮。

朝鲜战争爆发后，败退到台湾的国民党认为反攻大陆的时机来了，便向大陆派遣了大批间谍特务。他们开出的价码是"杀死一名部长，奖励十根黄金"。

4 月 17 日早上，在广州市北京路的红棉舞厅惠如楼出现了一位港客打扮的中年人，他的胸前别着一枚回形玫瑰胸针。过了一会儿，另一位港客打扮的人尾随着这个人上了惠如楼。在他的胸前，也同样别着一枚回形玫瑰胸针。

原来回形玫瑰胸针是他们接头的暗号。首先上楼的人叫黄强武，后者名叫钟嘉。这两个人都是国民党派遣特务物色的"暗杀小组"的成员。他们的目的是暗杀叶剑英。叶剑英是广州暗杀的第一号目标。

经过一段时间的情报搜集，黄强武和钟嘉对叶剑英的活动规律，已摸得清清楚楚。他们发现，叶剑英凡是去西郊、黄埔等地考察或检查工作，乘坐的都是一艘叫"珠江轮"的机动船，而叶剑英宴请宾客都是在西园酒家。于是他们就伺机在这些地方下手，准备给新生的共产党政权以沉重打击。

还在 3 月间，广州市公安局就曾连续截获台湾保密局指令其在香港的特务刺探广东省和广州市党政首脑人物行踪的电报。

4 月，市公安局又接到一份绝密情报。情报内容为台湾保密局已命令其在香港的特务机关，必须迅速派员赴广州实施早已制订的暗杀计划。

接着，广州市公安局侦查科又收到一封匿名揭发检举信。信中举报—德路善庆里 13 号 2 楼住户陈星群是潜伏特务，陈家还收藏着一批枪支、手榴弹等武器弹药。但经公安部门反复侦查，暂时没有发现陈星群有什么可疑行动。

根据我方掌握的情报，黄强武匆匆回香港汇报，陈星群已像蚂蟥一样盯住了"珠江轮"的驾驶员，暗杀小组的另一名特务郭禄已通过关系，打进西园酒家当了厨师。真可谓万事俱备，只欠东风了。

5 天后，回香港汇报的黄强武又来到广州，最后确定了三条暗杀方案。

第一方案是让广州人陈星群设法接近"珠江轮"的驾驶员，严密监视叶剑英乘坐的"珠江轮"。当叶剑英乘坐此轮启动时，特务们立即登上准备好的汽艇尾随。当汽艇靠近"珠江轮"时，特务们向"珠江轮"投手榴弹，将"珠江轮"炸沉。

第二方案是让混进西园酒家当厨师的郭禄，在叶剑

抓捕敌特残余

英的饭菜中投毒，并在座椅下面安放定时炸弹。

假如上面两个方案都不能成功的话，他们的第三方案就是直接在叶剑英居住的酒店门口埋伏特务，在叶剑英出门的时候，向其扔手榴弹将其炸死。

广州市市长叶剑英作为广东省第一任党政军领导人，对敌人的活动似乎一无所知。他仍然和往常一样忙碌地工作，照样乘"珠江轮"外出视察，照样上西园酒家宴请宾客。

原来，就在黄强武回香港汇报后，他们之中的钟嘉，却在一个深夜，悄悄地叩开了公安局侦查科的大门，将台湾保密局派遣一个特务潜来广州暗杀叶剑英等党政要人的阴谋计划，如实报告了公安局。

钟嘉这次重新回到广州后，深感此时的广州和他熟悉的国民党时期的广州相比，确实是换了人间，心中颇有些感动。加上他慑于人民民主专政的强大威力，于是主动投案自首了。

侦查科长听说特务们已经混进了"珠江轮"和西园酒家厨房时，不禁吓出一身冷汗。他迅速向市公安局长汇报，公安局长下令采取果断措施。

4月30日下午，叶剑英将在西园酒家请客。

特务们认为机会来了，他们怀揣着手榴弹，死死守候在酒家附近，准备实行第三方案。

17时20分，叶剑英的吉普车到了，他下车时一脸笑容，好像丝毫觉察不到四周的杀气……

街上平静如常。一辆三轮车从西园酒家门口驶过，车夫哼着小调；一个僧人低着头匆匆而行……这些都是从公安局挑选出来的便衣警察。

这时候，特务们从各个角落出现了。他们纷纷向西园酒家门口围拢过来了，亲临一线指挥的侦查科长见此情况，向周围的便衣打了一下手势，两名虎背熊腰的警察立即冲上前去，用手枪指着两名特务，命令他们举起手来。

一个特务见状乖乖地举起了手，可另一个特务却掏出了手榴弹。就在这千钧一发之际，大个子警察一个饿虎擒羊，将拿手榴弹的特务扑倒在地，一把将手榴弹夺了过来。

几名特务见势不妙，都丢下武器，举手投降。

当他们被公安人员反扭着胳膊，押上警车时，叶剑英正在警卫人员的簇拥下，从容地走进西园酒家……

特务爪牙被顺利抓获了，而他们的头目黄强武却因为听到了风声准备逃走。

黄强武和其他两个特务头目决定搭乘一艘英国货轮，将潜伏在广州的部分特务、土匪转移到香港，以备东山再起。

接此情报，广东省公安厅侦查处长李广祥决定立即出击，率领广州卫戍区海军司令部。调拨3艘小型军舰随侦察部队跟踪追击。

5月1日，天刚破晓，我公安战士分乘3艘军舰出海

抓捕敌特残余

追击。

　　一番追击后，我公安战士登上了英国货轮，并向他们申明："在贵国的货轮上藏有中国的武装暴动分子，希望配合搜查。"并向其他乘客说明："中方无意伤害任何一位乘客。"

　　黄强武乘乱，将自己的身份证件等扔进了大海，但还是被我机警的公安战士发现了。战士们还在货轮的客舱里又搜出了陈星群、梁中华等好几个特务以及他们随船携带的无后坐力炮、火箭筒、轻重机枪等各种武器。

　　事后，英国路透社对外发布了一条消息，称"中国军舰公然在公海上拦截外国商船"，并通过外交途径向中国政府提出严正抗议。

　　公安部部长罗瑞卿亲自向中央写报告，陈述了这一事件发生的原委，他还通过新华社向全世界播发了电讯，驳斥了外国通讯社的无端指责，澄清了事实的真相。

　　从此以后，广州的社会治安进一步好转，国民党保密局的特务们再也不敢轻易进入广州了。

六、 开展剿匪行动

● 1949 年 10 月 29 日，华南分局在广州召开专门研究珠江三角洲问题的会议。在这次会上，着重分析了当时的敌情、匪情。

● "哈哈，匪首终于捉到了！任务完成了！"战士们高兴地高举枪把，高声喊起来。胜利的喜讯，顿时传遍了瑶区的山山水水。

● 土匪们虽然人多势众，但都非常怕死，他们躲在炮楼上和房后各个角落里胡乱地朝外打枪，连头也不敢往外探。

珠江三角洲剿匪战

1949 年 10 月 29 日，华南分局在广州召开专门研究珠江三角洲问题的会议。在这次会上，着重分析了当时的敌情、匪情。

据当时有关部门的统计：流窜于该地区的国民党军残余武装尚有国民党县保警 1311 人，自卫队 2877 人，县警察 1258 人，广东省国防军与杂牌部队 2715 人，未收编的"大天二" 2805 人，其他无固定地盘的"吊脚土匪" 182 股、3641 人，武器则有长短枪 1.1402 万支、轻重机枪 984 挺。

针对这一敌情、匪情，华南分局提出了"消灭，不是保存"的基本方针，以及"利用矛盾"、"先打抵抗的"与"有计划有步骤地消灭"和"用和平方式消灭"等对敌原则和措施。

会议决定，成立珠江三角洲作战指挥部。曾生为司令员，林平为政治委员，王作尧为副司令员，统一指挥两广纵队、粤赣湘边纵队，负责消灭珠江三角洲地区的残敌，彻底肃清土匪势力。

几天后，珠三角作战指挥部根据叶剑英的指示，在中山县石岐镇召开了师、团、支队主要领导干部会议。

会议对追歼国民党军残部和主要股匪作出了作战部

署。决定两广纵队第一师为第一梯队，第二师为第二梯队，粤赣湘边纵队第四支队为预备队，由彭沃、邬强率领，分两路从石岐往澳门方向追歼残敌。

珠江三角洲，由西江、北江和东江冲积的 3 个小三角洲组成，包括广东省的花县、三水、南海、番禺、顺德、中山、东莞、宝安 8 个县。境内河汉交错，土地肥沃，物产丰富，素称"鱼米之乡"与"广东粮仓"。

广州解放后，部分南撤的国民党残兵败将流窜于珠江三角洲地区，与"大天二"土匪会聚在一起，他们凭借珠江口星罗棋布的大小岛屿，以香港、澳门为"大本营"，大肆进行破坏、捣乱活动，给广州大都市的安定和繁荣蒙上了一层挥之不去的阴影。

珠江三角洲的特殊地位和严峻的治安形势，使中共华南分局不得不把它摆到议事日程上来。

11 月 2 日晚，我主力部队从中山石岐镇出发。

第二天一早，第一团抵达三乡，与敌一〇九军残部接火。敌见我雄师挥戈而来，闻之丧胆，放了几枪即向南逃窜。中午，敌逃至南屏、湾仔等地。

我两广纵队第一、二师紧追其后，完全控制了前山、坦州一线，与敌隔河对峙。

在前山，彭沃、邬强召集前线总指挥部成员商量了作战部署，决定 4 日下午发起总攻。

第一团从正面发起进攻，在前山等地吸引和迷惑敌人。

开展剿匪行动

纵队炮兵团第一营将火力布置于炮台山，从正面轰击敌人。

第二师和第一师二团，分两路从坦州方向对敌实施迂回包围。

4日下午，炮兵营在炮台山以猛烈炮火轰击敌人。第二师利用大海退潮之机，从坦州以南搭浮桥迅速渡河。第五团在15时突至南屏，经短促猛烈地冲击，歼敌保安第三师八团一个营。第四团于晚上20时攻占将军山。接着第五团从北山、第四团从银坑，两路同时并进，攻占湾仔。

残敌一部分逃至船上，一部分丢弃武器，浮水游向澳门逃命。南屏、湾仔一战，我军共歼敌400多人，缴获枪支、弹药一大批。

第二师在控制湾仔之后，发现敌第四战防舰艇部队所属的炮艇"清远"号，泊于澳门、湾仔之间的海湾内，距离较近。经请示后，我二师部队即用猛烈炮火轰击，敌舰难以逃脱，只好升起白旗投降。二师见状当即派第四团作战参谋林枫带领两名通讯员乘小船登上"清远"号。

林参谋等人带回了敌舰上的大副、轮机长等人，向其交代政策，准备办理受降事宜。没想到，澳门当局竟然派出一艘葡军战艇将"清远"号拖走。

二师指战员见此情景，义愤填膺，强烈要求开炮射击。但师指挥员怕误伤葡艇而引起涉外事件，没有批准。

叶剑英获悉此事件后，向澳门葡方提出严正抗议。

11 月 13 日，第二师二团越海攻占了横琴岛，一艘敌运输船"海宁"号见势不妙，仓皇逃窜，结果在大横琴与路环之间搁浅。这时，驻路环的葡军派出一个连向"海宁"号开进，企图故伎重演，将"海宁"号抢走。第五团指战员怒不可遏，立即以轻重机枪火力封锁"海宁"号周围的海面，并发射迫击炮弹。顷刻间，海面上炮声轰隆，水柱四起，浪花飞溅。

葡军见我军火力如此密集，欲进不能，登船无望，只好乖乖地退回路环。"海宁"号在我军炮火的震慑下，升起了白旗，成了我军的战利品。

经登船查验发现，"海宁"号满载军火，总计有各种炮 16 门、轻重机枪 39 挺、冲锋枪与自动步枪 76 支、其他长短枪 306 支，以及一大批弹药。

我军官兵举枪欢呼，既解放了横琴岛，又俘获了"海宁"号，还教训了葡军，真是壮我军威。

11 月 5 日，由严尚民参谋长指挥的粤赣湘边纵队独立第一、第三、第四团，攻占了三灶岛，缴获了三灶简易机场上的敌轻型轰炸机一架。

11 月 6 日，留驻宝安县的纵队炮兵团以警卫连、工兵连各一部为突击队，在炮火的支援下，一举攻占珠江口的大铲岛，歼灭了敌人"珠江口指挥部"少将参谋徐达等 117 人。

至此，两广纵队与粤赣湘边纵队扫除珠江三角洲地

开展剿匪行动

区残敌的任务胜利完成，共歼敌 5000 多人，解放了大片土地。

然而，由于珠江三角洲幅员广大，土匪势力潜流暗涌，剿匪仍然荆棘满途。

12 月 13 日，珠江三角洲指挥部再次召开军事会议。会议由司令员曾生主持，他传达了华南分局与广东军区联合发出的剿匪指示："必须在三个月左右的时间内肃清大股土匪。"然后，会议分析了部队进入珠江三角洲以来的情况，以及当时的匪情。

会议经过认真研究，决定划分地区，实行包发动群众、包建立政权、包剿清土匪的"三包责任制"。同时成立江防指挥部，以八艘舰艇组成两个巡逻分队，在珠江和内河航道巡逻，负责珠江防务并配合沿江（河）剿匪。由于部队随即进行整编、调整部署，加之征粮支前等多项工作交织在一起，剿匪工作有所停顿，而曾一度陷入绝境的匪势也是死灰复燃。

1950 年 3 月，新成立的珠江军分区召开各团、各县大队主要领导干部参加的剿匪联席会议。

珠江军分区根据匪情重新部署了兵力，把剿匪重点首先放在珠江以西、番禺以南各县，继续实行包干制的剿匪方针，给各团划分了包干责任区：

第一团在中山县第九、第十二区和第一区港口乡。

第二团在中山县第五区和第一区一部。

第四团在番禺县南部。

第五团在中山县第八区和新会边。

独立师在顺德县。

炮兵团在中山县第四、六区。

各县大队也划分了包干责任区。

剿匪部队以营、连、排甚至以班为单位，落实了包剿区，并大张旗鼓地开展剿匪立功运动。

在珠江军分区统一号令下，全区军民统一行动，鸣锣开道，持枪挥刀，向珠三角的土匪开战。

珠三角的大股土匪在全区军民两个多月的重拳打击之下，基本被肃清。珠江三角洲上空的阴霾逐渐散尽了。

开展剿匪行动

连县追击匪首

1950 年 11 月底，华南军区命令北江军分区和解放军一四三师联合组成解放连阳指挥所，迅速组织解放连阳战役，彻底铲除李楚瀛领导的"反共救国军"，并制定了战斗部署：

北路以四二八团团长李洪元为指挥，连江支队第七团团长肖怀义为副指挥，计划从宜章黄沙堡经连县周家岱、天光山、黄洞山，直插东陂，消灭守敌及进军三江镇，占领三江后背山鹿鸣关，堵住敌人窜逃连山、广西之路，然后相机围歼敌主力，一举解放三江镇。

中路以一四三师参谋长王中军为指挥。计划从坪石到大路边、星子，歼灭守敌后，急速进军包围连州城，若敌人弃城逃走，则立即跟踪追击，务必将其主力歼灭。

南路以北江军分区参谋长黄云波为指挥，计划从英德到阳山，歼灭英德大湾和阳山县城之敌后，经黎埠插到三江之南。

三路合围，聚歼敌主力于连州与三江之间。

进军连阳的作战部署经驻韶关的野战军第四十八军和北江军分区批准后，前线指挥小组立即命令各部队迅速做好战斗准备，并通知在原地战斗尚未改编的连江支队几个团和各个武工队、民兵做好支前的各项准备工作。

11 月底，我军前线指挥小组向盘踞连阳的李楚瀛等发出最后通牒，敦促他们放下武器，弃暗投明。

然而，匪军漠视这一严正的劝告，拒绝投降。

前线指挥小组下令按预定计划，对敌实施全面进攻。

广州解放之后，地处粤北地区西部的连阳地区成了国民党残军的藏身之地。这些国民党残匪有连阳的国民党交警总队 2000 余人，有国民党广东省保安第十七团 300 余人，有国民党第六十三军和国民党保安第四师的残部，加上县区警备队、保警队、护航队、乡卫队等，共 4000 多人。

这些残匪在国民党中将李楚瀛的纠合下，成立了"反共救国军第九军"。李楚瀛自任军长，下辖第二十五师，师长张燮元；第二十六师，师长由李楚瀛兼；第二十七师，师长李谨彪。这股匪徒是粤北最大的土匪武装。

新中国成立后，随着韶关、清远、广州相继解放，连阳地区成了国民党残匪救生的"孤岛"。

"反共救国军第九军"军长李楚瀛，虽然眼看国民党大势已去，但他仍不甘心失败，企图负隅顽抗，等待国民党军队的反攻。

李楚瀛，连县三江人，黄埔军校一期生，曾任国民党第一集团军副总司令兼八十五军中将军长。1948 年，由于李在河南之役全军覆灭，遂被贬回广东老家。1949 年春，他被广东省政府起用，委任为第五行政督察专员兼保安司令，后又兼连县县长。他在连阳四处招兵买马，

开展剿匪行动

网罗兵匪，组织"反共救国军"，妄图借助连阳群山连绵的地理条件，建立反共游击基地，进行最后挣扎。

1950年12月5日，解放军三路大军分头进入战斗。6日，中路主攻部队从坪石急行军到达连县大路边村。7日拂晓解放连县重镇星子，当晚包围连州城，突入后发现是空城一座。原来李楚瀛在大军到来前夕，便匆忙率县政府官员及交警组成九军军部特务营700多人，经九陂、寨岗逃往三江。于是部队马不停蹄，当晚追入三江。

三江，是连县第四区所在地。部队进入三江镇，只见敌人遗下未及带走的几车白银和各式货物、被服、粮食散落在街头巷尾。经侦察，得知李匪逃上瑶山，部队决定登上瑶山，与南北两路部队一起，聚歼李匪残部。

这时，为了加强攻势，师部调来炮兵支援，还派来瑶族武工队员协助。战士们不怕疲劳，向瑶山进军。

冬天的瑶山遍地薄冰，寒气袭人，战士们爬了几十里山路，来到油岭，未见敌人，又赶到南岗瑶寨。可是靠寨一看，环绕寨边石墙的闸门被大石堵闭，李昌夫多次用瑶语喊话，宣传我军政策，闸门才被打开。

部队从粪坑发现的许多香烟头判断李匪来过。战士们一面侦察脚印，一面找瑶胞了解，终于弄清了。原来狡猾的李匪在部队到来一小时前，朝着相反的方向兜回了油岭。指战员们又立即掉头向敌人追击。

部队追至油岭山下时，敌人刚布下岗哨，他们见解放军追到，便匆忙组织抵抗。

油岭是一座巨大的石岩山，只有一条小路上山。战士们处于山下仰攻的不利位置，再加上大家经过几天的急行军，都已极度疲劳。虽然如此，一听说追上了敌人，战士们个个都精神振奋起来。他们顶着敌人轻重机枪的扫射，在八二炮、六〇炮的掩护下，猛扑山岩，抢占山头。

经过一阵猛烈的冲击，敌人四散溃逃，在山头抛弃了许多金钱、罐头、衣物和枪支，企图诱惑战士们，以减缓追击。但我军战士们全然不顾，紧紧追击。

在一个山沟里，战士们搜到一群敌人，原来是被南路大军在白沙冲打散的残敌，约 200 人。战士们经过一阵冲锋，追至白沙冲终于把敌人擒获。俘虏中包括李楚瀛母亲和小老婆及大儿子。经审讯，没有李匪的下落。

这时，指挥所命令收拢部队，沿油岭往南岗、三排、黎埠方向搜索了两天。从阳山方面来的南路部队军分区十团和炮兵营，也未遇到敌人。大家经过分析断定，李匪不会南下，于是调回头再搜。这时，从连山来的北路部队解放军四二八团也上来了。三路军的首长商定，以班组为单位分散活动，逐山逐洞进行地毯式搜索，并耐心地做瑶胞的思想工作，迅速摸清敌人的行踪。

几天来，瑶胞群众见解放军纪律严明，秋毫不犯，便开始与战士们接近。其中一位瑶民向我军暗示了一个知情的瑶民。四二八团节洪元团长便对这个瑶族人做思想工作。这个瑶民大受感动，答应给部队带路。

这个瑶族人讲述，李楚瀛为了保命，战斗一打响，就离开队伍抛妻弃子，只带亲兵潜逃了，并以重金买通了他。他叫房大猪六，秘密给李楚瀛送饭、送情报。李楚瀛企图躲过我军搜剿，并伺机出逃。

12 月 16 日，房大猪六把解放军四二八团三营和军分区十二团二营，重新带回南岗油岭猪屎洞，在矮凳凹的一座石头山下停了下来。房大猪六用手向半山乱石丛中的一个小洞指了一指。

战士们便立即散开，把洞口团团围住，并朝洞中射去一排子弹。战士们大喊："李楚瀛快出来，不然，就把山洞给炸了！"

"不要打，不要打，我们出来。"洞里传出了声音。

话音刚落，山洞里就走出包括第九军参谋长于继祖在内的 30 多名敌人。正在敌人向我军缴枪之际，突然，一个肥头大耳的家伙飞快地窜出山洞，朝山下猛跑。我四二八团八连战士周瑞海、郭永怀和于连合见状，拔腿便追。刚追到 100 多米处，跑在前头的周瑞海就将那人一把抱住，问道："你是不是李楚瀛？"

"是，是，我就是李楚瀛。"此人像泄了气的皮球，瘫倒在地，喃喃地说。

"哈哈，匪首终于捉到了！任务完成了！"战士们高兴地高举枪把，高声喊起来。胜利的喜讯，顿时传遍了瑶区的山山水水。

乐昌县城保卫战

1950年3月22日早上，天刚刚亮，廊田区政府炊事员黄国雄起床做早饭时，听见外面有异常声音。他朝窗外一望，只见几个手里拿着枪的人在区政府周围探头探脑。他马上意识到这伙人是土匪，但他并不惊慌，而是不动声色地从厨房回到自己的房内，拿起一支步枪朝天"砰"的放了一枪。

这一声枪响使土匪偷袭的阴谋败露了。区政府的干部们听到枪声，迅速拿起武器投入了战斗。

带队的匪首"反共救国军第四军"副军长何康民、廊田区土匪头子谢仲山听到枪声，也指挥1000多名土匪，从四面八方向区政府和区中队包围过来。

这些匪徒们虽然来势汹汹，却都贪生怕死。他们听到黄国雄的枪声后，认为区政府里有埋伏，所以谁也不敢贸然前进，只在政府附近胡乱放枪。

匪徒们的胆小给区政府的同志们提供了有利的条件，他们在区长林立的指挥下，奋起反击，在政府内的不同位置轮番向匪徒进行扫射，使土匪无法弄清我方的火力情况，土匪们的冲锋就这样一次次被打败了。

与此同时，在区政府不远处的区中队也遇到了土匪的围攻。区中队队长邓国雄临危不乱，带领队员们先使

开展剿匪行动

用手榴弹将围攻上来的土匪打垮，再向外突围以增援区政府。

这时，区政府下乡工作的几名干部同志，听到来自区政府方向的枪声后，也赶回区政府增援。同时，在乐昌检查公安工作的县委书记陈培兴接到区长林立的告急电话后，立即派出县大队一个排，乘三辆汽车前来增援。

几股增援力量同坚守在区政府内的同志一起，对敌人形成了里应外合的局面，使土匪伤亡严重。经过一天的激战后，土匪只好丢下一堆尸体，灰溜溜地逃跑了。

乐昌，位于粤北边陲，毗邻湖南，有"广东北大门"之称。解放前，乐昌是国民党的"模范县"，反动势力基础非常雄厚。

乐昌解放时，国民党的军警武装和地方反动势力，受到我南下解放大军的沉重打击，但其残余部队却退往大瑶山，隐匿待机，企图卷土重来。

1950 年初，乐昌地区人民在共产党的领导下，开展了如火如荼的清匪反霸运动。为了对付刚刚建立起来的人民政权，原国民党县长何康民、林显在乐昌成立了"反共救国军第四军"。他们趁人民群众对共产党的政策还不了解之机，在社会上大肆造谣，诬蔑诽谤共产党为"共匪"，扰乱民心，拉拢、胁迫一些不明真相的群众参加土匪组织，准备发动武装暴乱。

一些反共分子四处活动，煽风点火，很多群众轻信谣言，参加了土匪组织，而更多的人则是经不住反共头子的物质引诱而糊里糊涂地成了土匪。乐昌地区在这种情况下，局势骤然变得紧张起来。

3月22日，"反共救国军第四军"副军长兼第十师师长何康民，勾结乐昌县廊田区土匪头子谢仲山，纠集国民党残兵、土匪、恶霸地主共300余人为骨干，煽动不明真相的农民1000多人，拂晓时分开始了偷袭廊田区人民政府和区中队的行动。接着，这股土匪的反共黑潮又迅速弥漫到乐昌各区、乡……

乐昌县委对这股土匪的动向早有察觉，县委书记兼县长陈培兴在几天前就召开县政府机关干部会议，研究对敌策略。

他们首先召开了各区区长、区委书记参加的紧急会议，通报匪情，并集中民兵、区中队的力量，联络铁路沿线护路部队，共同组织防暴行动。

接着又给每个干部发放枪支弹药，组成战斗小组，又加固政府机关的围墙和大门，以防土匪突袭。

乐昌县委还派出县大队的一个班到河对岸的山头埋伏，利用那里的险要山势，阻击来犯之敌。

为了加强力量，县委给乐昌中学部分师生也发放了武器，以利自卫和策应。

此外，县委还派人与驻乐昌的四二九团的后勤部门联系，以共同对付事变发生。

陈培兴安排好一切后，又打电话向北江军分区副政委袁鉴文汇报了乐昌的紧急匪情，要求派兵增援。

开展剿匪行动

袁副政委说，韶关市也只有两个连的兵力驻守，暂且派不出兵力，要他们坚守待援。

陈培兴按照独立自卫的要求，已经做好了应战的一切准备。

3月23日，土匪头子谢仲山不肯就此罢休，他又命人毁掉通往区政府的电话线，带了十多桶煤油、几十捆棉花和几支喷筒，妄图点燃浇有煤油的棉花团，用喷筒喷射到区政府的大院内，火烧区政府。

但是，此时的区政府仍在我方增援力量的保护之下，敌人不敢靠得太进，而喷筒喷射出的火力又十分有限，因此，他们的阴谋没有得逞。

又过了一天，林显、何康民等匪首在乐昌县城和附城区、长来区、北乡区等地发动了全面暴乱，谢仲山借机再次对区政府进行了围攻。

这时，驻军四二九团一连得到土匪围攻廊田区政府的消息后，马上赶来增援，与区政府的工作人员内外夹攻，再次粉碎了敌人的进攻。

至此，持续3天围困攻打廊田区政府的土匪武装暴乱，终于被平息了。

但是，3月22日至24日，围攻廊田区的暴动仅仅是乐昌县土匪暴动的开始。

3月24日，土匪又大摇大摆地来到长来区政府，妄想血洗长来，报廊田区的一箭之仇。但令他们没有想到的是，这里早已埋下了伏兵，他们刚一露头，就被埋伏在此的解放军战士们打了个人仰马翻。土匪们一见到解放军，便吓得屁滚尿流，四处逃窜。

原来，长来区委书记林振赓在土匪将要发动暴乱前，除了对区中队、农会、民兵进行军事训练外，还向守护粤汉铁路的野战部队求援。部队专门从湖南衡阳调来7个班的兵力援助区政府。

3月22日，当廊田区的土匪暴乱发生后，长来区政府立即在离政府20多里处的大脚岭和西乡等村庄埋伏了部队，使这股凶恶的敌人受到了重创。

在长来区政府打击敌人的同时，北乡区的干部群众也在同土匪进行殊死的斗争。

这天拂晓时分，土匪头子谭钧亮、李盛财、邓大环带领着800多名喽啰，兵分两路，一路攻打县城，一路奔北乡区政府而来。

土匪们来到北乡区政府后，占据了距离北乡区政府不远的一座炮楼，他们居高临下地向区政府射击。

北乡区的同志们在区长杨文光和区中队长张树枝的指挥下，利用区政府四周互不连接的建筑，向已将他们包围的土匪进行反击。同志们轮换从区政府四周的各个枪眼向外面的土匪射击。

土匪们虽然人多势众，但都非常怕死，他们躲在炮楼上和房后各个角落里胡乱地朝外打枪，连头也不敢往外探。而包围区政府的土匪也不敢靠近区政府，只是远距离地进行射击。

开展剿匪行动

一天的战斗下来，匪首邓大环见围攻毫无进展，便大叫着暂时停火，并随后派人前往区政府劝降。

杨区长严厉喝退了劝降的土匪，他对身后的同志们说："我们绝不能投降，土匪们是无法攻进来的，只要我们坚持战斗，县里的兵团一定会来支援我们的。"

大家都决心要战斗到最后一颗子弹。

在区中队的火力阻击下，土匪不敢擅自前进。

夜幕降临了，敌我双方都显得紧张起来。区中队的同志们忍着饥饿和疲劳，密切地监视着土匪们的一举一动，以防止他们利用夜幕实施火攻或其他办法进攻。因为在区政府的大楼里，存放了许多我方收缴来的枪支和粮食。好在土匪也害怕有埋伏，没敢轻举妄动。

黎明时分，杨区长断定土匪们不会再进行大的动作了，就安排大家轮流休息，以便打持久战。

上午 10 时左右，一支在城外追击土匪的野战军赶来北乡区支援。土匪们远远望见来了大队人马，吓得魂飞胆丧，望风而逃。

同北乡区政府的包围战相比，乐昌县公安局的战斗打得更加激烈。

坐落在乐昌县城的县公安局，是全县的制高点。土匪攻打乐昌县城时，把主要力量都放在攻打县公安局上。因为这里关押着一批反革命分子，以及土匪头子和土匪骨干。

自从廊田区发生土匪暴乱事件后，县公安局就加强了自身的防范。他们召开了县公安局党支部紧急会议，具体研究了土匪攻城时的应变措施。

这天早上，天刚蒙蒙亮。公安队的一个小战士到外面上厕所时，发现有许多形迹可疑的人不断地向公安局靠近，他就立即朝天放了一枪，通知了公安局的其他战士。

当时，匪独立一团团长黎洪带领的土匪主力 500 多人，气势汹汹地扑了过来。在这股土匪中，有 200 多人原是国民党军统特务戴笠的特种部队，战斗力较强。他们占据了公安局后山的大肚岭山头和对面法院后山的山头，试图对县公安局实施重点进攻。

公安局局长冯成烈临危不乱，沉着地指挥同志们进行战斗。他将有限的兵力分为几处，由一个班的公安战士，用一挺重机枪守住县公安局的后大门；再由一个班的警力，用一挺捷克式轻机枪守住公安局的前大门；其他的同志则以公安局大门右边的围墙和左边的烂墙角作为掩护，等土匪从低坡处爬近公安局大楼制高点时，就立即用机枪进行猛烈的扫射，阻止敌人进攻的步伐。

开展剿匪行动

土匪在轻、重机枪的掩护下，轮番组织冲锋，均被公安战士击退了。

土匪见正面强攻不下，就转为在大肚岭方向的侧攻。他们以轻、重机枪为掩护，曾几度冲到公安局的后门，但都被公安战士击溃了。

土匪头子黎洪见此情形，气急败坏地对土匪们大吼：

"弟兄们，冲啊，拿下公安局，赏金一百两！"但他们的进攻，徒增了一些死伤。

公安局的战斗开始后，关押在公安局牢房的土匪也蠢蠢欲动。他们趁机起哄闹事，企图越狱。一个囚犯在里面喊道："弟兄们，时机到了，想办法往外冲呀……"

看管犯人的公安局同志端着机枪走到牢房前，警告他们说："谁敢闹事，我就先送他上西天！"犯人看到黑洞洞的枪口，再也不敢吱声了。

天黑时分，正当公安干警将要弹尽之际，驻军四二九团的一个排火速赶来增援，局势迅速转危为安。

公安战士们乘机将十多颗手榴弹一齐扔出去，并利用烟雾冲上前去，把没有来得及跑的匪徒们全部歼灭了。

在这场土匪暴乱中，坪石区的黄圃乡政府损失最为严重。

24日这天，乐昌县城的其他五个区政府的战斗都已经打响了，就只有坪石区还没有受到土匪的围攻。

当晚，坪石区区长何祥向黄圃乡乡长李远岳下达指示说："目前乐昌县匪情相当严重，土匪已攻打了县城和其他四个区的区政府，现在只剩我们这个区未被土匪袭击，但也十分危险。你们黄圃乡地处区边界，一定要提高警惕，密切注视土匪的动向，遇有紧急情况，要立即想办法通知区委、区政府，千万不要惊慌。"

谁也没想到，他们的谈话却被当时潜伏在乡政府内的国民党特务听了去。这个特务马上通知了他的上级。

土匪得到密告，于当天24时就采取了行动。

土匪们分头袭击了黄圃乡政府和工作队的所在地，乡长李远岳和工作队长都在战斗中相继牺牲了。

25日早上，黄圃乡政府落入了土匪的手中。

中午时分，当前来增援的战士们来到黄圃乡政府时，黄圃乡政府已变成了一片焦土。

战士们怒不可遏，端起冲锋枪向土匪射出了复仇的子弹。暴乱终于被平息了。

乐昌平暴后，华南分局十分重视这次事件。分局领导指示广东军区调整战略部署，把一四三师原负责北江地区16个县的防备缩小为只负责6个县，然后把部队抽调到乐昌县来剿匪。

乐昌县委、县政府配合剿匪部队，搜集匪情，提供线索，多渠道协助部队打击土匪。

在我剿匪部队强大的政治、军事攻势面前，除林显、谢仲山等少数匪首逃往香港外，其余匪首或骨干分子都逐一落网。

匪徒们失去了指挥，群龙无首，惶惶不可终日。剿匪部队抓住有利时机，对土匪展开攻心战术，宣传"首恶必办，胁从不问，立功者受奖"的宽大政策，收到了显著的效果。

乐昌县人民政府还在土匪亲属中开展"索夫唤子"的运动，土匪亲属们积极配合，使匪众纷纷下山投案自首。

开展剿匪行动

跟随匪独立一团团长黎洪多年、曾参加并指挥暴乱的两名土匪骨干分子，在逃亡中打死了匪首，拿着他们的枪前来投案自首。

匪团长骆麻子，也因拒绝投降，被其保镖打死。随后他的保镖携枪向我方投降自首。

截至1950年6月，自新匪首有105人，其中连级72人，营级28人，团级4人，师级1人。其中，最先受到土匪袭击的廊田区，就有800多名土匪在我党政策的感召下和我军猛烈攻势的威慑下，放下武器，走向自新之路。

为了教育他们重新做人，乐昌县委、县政府在县城中心学校举办了自新人员训练学习班，使他们通过学习懂得了我党的政策，认清了形势，真正开始了新的生活。

摧毁"新丰救国军"

1950 年初，蒋介石派飞机在广州和广东各地投放反动传单，叫嚣将要反攻大陆。于是，残存在各地的反动势力和土匪、特务都蠢蠢欲动，盘踞在新丰西区、南区的土匪也嚣张起来。

隐蔽在西区的反革命分子潘伯恭、陈仿如，把叶观恩、潘名仔等几小股土匪联合起来，和当地一些反革命分子拼凑成"新丰救国军"，在遥田南坑、左坑、左禾坑，沙田长引、新岭背等地活动。

3 月初，这些土匪开始发难。他们杀害我乡干部潘忠同志，同时到长江缴去我长江村政府的枪支，并在下桃园抢去民女小凤，还准备攻打长坪村政府，只因长坪武装民兵有准备，才没敢妄动。

土匪头子潘伯恭还在沙田他的家乡散发反动传单，叫嚣要打到新丰去，由陈仿如做国民党县党部书记长。

盘踞在南区的土匪也蠢蠢欲动，他们互相串联起来，组织起一个名为"青年救国军"的队伍，由丘几杨当司令，钟杨溪当参谋长，古亚志、罗亚水分别当大队长。

开展剿匪行动

这支共有 400 人左右的队伍，多数在锡场、立溪、榉林、杨梅洞、半江一带活动。

3 月中旬，他们前去攻打立溪乡政府，由于乡政府有两个武装班，天亮时土匪即慌张撤退。

过了几天，土匪又去攻打榉林乡政府，因乡政府有内奸开门接应，土匪蜂拥而入。他们打死乡政府一名战士，并抓获乡党支部书记郭策和乡长龙志清，将他们押到杨梅洞四角楼关起来。

土匪打下榉林乡政府后，气焰非常嚣张，他们还准备攻打锡场区政府，只因锡场有区中队加上县大队二连教导员余志强同志带的两个排，因此土匪不敢妄动，只在锡场周边地区活动，企图杀害乡村干部，开仓抢粮，并收买当地零散土匪和破坏分子扩充其土匪队伍。他们叫嚣打下锡场后，还要"打到新丰去，自己做县长"。

3月初，北江军分区黄业司令员在英德白沙召开剿匪会议，新丰县大队李湘同志参加了会议。

会议期间，黄业司令员亲自对李湘说："这次会议原来打算叫梁泗源同志来参加的，但考虑到建立人民政府之初，他主持县委工作很忙，因此，叫你来参加。会议结束后你回去将军分区的剿匪部署，向梁泗源、龙景山同志汇报。军分区部队主要力量是放在乐昌、仁化、始兴、南雄等几个县剿匪。在新丰活动的土匪，主要靠你们县大队清剿，军分区只能派少量部队支援。"

李湘参加会议回来后，即将军分区的剿匪部署和黄业司令员的指示，向县委书记梁泗源和县长龙景山两人作了汇报。

第二天，梁泗源召开新丰剿匪会议，会议根据新丰地区的土匪活动情况和特点以及土匪人数、活动范围，决定集中兵力分区进剿，同时为摸清南区的土匪活动情况，即派余志强同志带领两个排到锡场侦察匪情，顺带保卫区政府的安全。

3月中旬，梁泗源率领县大队进剿盘踞在西区的土匪。他到达沙田后，听了区领导具体汇报土匪在西区的活动范围、大约人数和经常出入的地方后，第二天早晨，即在区武装班的配合下，包围了在长引对门山耕山厂的土匪，当场击毙土匪3人，生俘4人。

连队分路撤退时，吕标连在途中又抓到几名散匪。

第三天，县大队又集中连队围剿在早禾坑活动的土匪。他们到早禾坑时，没有发现土匪动静。区小队即向当地群众了解，有几个群众反映，土匪住在上坪的几个窑洞里。

县大队立即前去包围，土匪躲进窑洞不敢出来，在洞口向战士们开枪，县大队的战士用机枪向窑洞口扫射。

过了几分钟，县大队的同志向窑洞里喊话："你们被包围了，只要你们放下武器投降，我们保证不杀你们。"

土匪听到县大队战士的喊话后，过了一会儿，部队正准备用手榴弹强攻时，土匪举起一块白布，从两个窑洞出来，放下武器举手投降了。

部队通过审问叶观恩，查找潘伯恭、陈仿如的下落。叶观恩说，潘伯恭昨天晚上才离开这里，到早禾坑准备去翁源同陂藤山冈股匪头子湿水米联系，陈仿如则跟亚

开展剿匪行动

名仔（潘名仔）那班人在一起活动。

县大队根据叶观恩提供的线索，经研究决定，由李俊、陈友梅带领两个班追踪潘伯恭，其余连队回到沙田，准备追歼潘名仔股匪。

李俊和陈友梅带队即去包围潘伯恭。潘伯恭发现县大队的队伍时，从屋里跳窗逃走，因黑夜看不清路，在房屋背后的山下跌死。

李俊和陈友梅带领队伍回到沙田集中，当时沙田地区的土匪大部分已歼灭，只剩下潘名仔和陈仿如小股土匪了。而南区的土匪正在猖狂发难，县大队于是决定由吕标连回新丰马头做进剿南区土匪的准备，而留下李俊连在西区继续追剿潘名仔土匪。

一天，当地民兵报告说，土匪在鸡挤窝。李俊即带连队前去包围，在战斗中打死陈仿如和潘名仔的弟弟，捉到匪徒几名，潘名仔逃走，救出被土匪抢去的民女小凤。

李俊带队回到沙田，梁泗源说："西区的土匪大部分已消灭，只剩潘名仔在逃和几个散匪了，可留下一个排的兵力在此继续追剿，县大队集中兵力进剿南区的土匪。"

县大队经研究决定，留下陈友梅同志带领黄尚青排在西区继续追剿在逃的潘名仔和少数的散匪，而县大队到达马头与吕标连队会合。

此时，正好余志强同志派人送来情报说，有大股土匪集结在杨梅洞。县大队立即来了一个远途奔袭，天亮时分，就包围了杨梅洞的土匪。

部队攻进四角楼救出被土匪抓去的郭策和龙志清，并抓获了国民党新丰县参议员、当地恶霸钟扬卿。

经审问，钟扬卿答应去做土匪工作，说服他们放下武器投降。

过了约半个小时，县大队正准备强攻时，钟扬卿带领100多名土匪走了出来。

此次缴获枪支100多支，但惯匪头子古亚志却带领几十名土匪乘黑夜向治溪方向逃窜了。

县大队得到情报，即由李俊连在余志强带领配合下，追剿古亚志股匪，在治溪把这股土匪包围，当场击毙土匪几名，活捉古亚志等30多名，缴获枪支30多支。

与此同时，黄祥同志带领吕标连向半江等地进剿，在百高屋背伏击匪中队长许亚恒股匪，当场击毙土匪2人，抓到许亚恒等10多人。

在此期间，经常在翁源藤山一带活动的湿水米土匪，不敢到新丰边境，只在藤山一带活动。县大队得到情报，连夜包围了这股土匪，炸伤湿水米，歼灭了10多人。

接着，县大队得到情报，潘名仔带领几个匪徒隐藏在新丰西区南坑新岭背一带。县大队立即派一个排去伏击，当场打死几个土匪，抓获了潘名仔。

至此，在西区活动的土匪全部被歼灭。

李俊准备带领连队回新丰时，新丰县接到佛冈县来

开展剿匪行动

信告知，佛冈县连头湖洋村被土匪包围，要求新丰县大队支援。县大队立即通知驻在沙田的李俊连前去包围土匪，李俊连队赶到后，同土匪展开了激烈的战斗。下午，佛冈县大队赶到，两支部队前后夹击，土匪逐渐失去了战斗力。后来经过政治攻势，土匪放下武器举手投降了。

这次战斗新丰县大队缴获轻机枪2挺，长短枪100多支。战斗结束后，他们将所缴的枪支全部交给了佛冈县大队。

在1950年的半年多时间里，新丰县大队共歼灭土匪500人，缴获无数枪支弹药。为表彰新丰县大队的功绩，北江军分区给予新丰县大队通令嘉奖，并奖锦旗一面，锦旗上写着金光闪闪的4个大字：剿匪有功。

广东地区大规模的剿匪作战，从1949年12月至1953年9月基本结束，历时3年多。在这期间，我人民解放军动用野战军9个师、两广纵队和广东军区全部地方武装力量，共歼灭土匪和武装特务18万多人。

广东剿匪的胜利，不仅粉碎了帝国主义和蒋介石集团在广东地区建立所谓"游击根据地"的罪恶阴谋，而且为巩固广东国防、支援抗美援朝、巩固新生的人民政权、安定社会秩序、恢复经济和生产建设、实施军队建设创造了有利条件，为广东开创了美好的明天。

参考资料

《解放战争档案之决战广州》林可行编著　吉林文史
　　出版社

《解放战争大全景之广东》豫颖编著　军事谊文出
　　版社

《羊城围歼战》张正隆编著　军事科学出版社

《广东大荡匪》李迅编著　珠海出版社

《解放广州》记工编著　吉林文史出版社

《百年激荡之20世纪广东实录》叶曙明编著　广东教
　　育出版社

《南天烽火之中南大剿匪》易忠，李佑军等编著　解
　　放军出版社

《中国大剿匪纪实》罗国明编著　江苏文艺出版社

《旧广东匪盗实录》广东文史资料编辑部　广州出
　　版社

《广东百年图录》广东省立中山图书馆编　广东教育
　　出版社

《粤北剿匪记》朱瑞钦等主编　广东人民出版社

《情系北江》中共韶关市委党史研究室编　广东人民
　　出版社

《韶关市志》韶关市地方志编纂委员会　中华书局

《烽火岁月》邬强著　广东人民出版社

《广州文史》广州市政协文史资料委员会编　广东人
　　民出版社

《共和国历史之风卷残云》姜铁军，王维广，覃艺等
　　编著　网络版

《广州市档案局之广州解放史》中国广州档案网

《新丰史志网之新丰史志》新丰县史志办公室

《中国人民解放军第四野战军战史》第四野战军战史
　　编写组　解放军出版社